爱阅读课程化丛书/快乐读书吧

爱阅读

巨人的花园

[英]奥斯卡·王尔德/著
立 人/译

无障碍精读版
课外阅读佳作,爱阅读课程化丛书

分级阅读点拨·重点精批详注·名师全程助读·扫清阅读障碍

中国出版集团有限公司

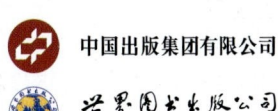

世界图书出版公司
上海 西安 北京 广州

图书在版编目（CIP）数据

巨人的花园 /（英）奥斯卡·王尔德著；立人译
. — 上海：上海世界图书出版公司，2023.9
ISBN 978-7-5232-0643-0

Ⅰ.①巨… Ⅱ.①奥… ②立… Ⅲ.①童话—英国—近代 Ⅳ.① I561.88

中国国家版本馆 CIP 数据核字 (2023) 第 147250 号

书　　名	巨人的花园 Juren de Huayuan
著　　者	［英］奥斯卡·王尔德
译　　者	立　人
责任编辑	石佳达
出版发行	上海世界图书出版公司
地　　址	上海市广中路 88 号 9-10 楼
邮　　编	200083
网　　址	http://www.wpcsh.com
经　　销	新华书店
印　　刷	三河市兴国印务有限公司
开　　本	700mm × 1000mm　1/16
印　　张	16.5
字　　数	158 千字
版　　次	2023 年 9 月第 1 版　2023 年 9 月第 1 次印刷
书　　号	ISBN 978-7-5232-0643-0 / I · 98
定　　价	24.80 元

版权所有　翻印必究
如发现印装质量问题，请与印刷厂联系
（质检科电话：022-82638777）

快乐王子

非凡的火箭

总序

北京书香文雅图书文化有限公司的李继勇先生与我联系，说他们策划了一套"爱阅读"丛书，读者对象主要是中小学生，可以作为学生的课外阅读用书，希望我写篇序。作为一名语文教育工作者，为学生推荐这套优秀课外读物责无旁贷，在最近"双减"政策的大背景下，也更有意义。

一、"双减"以后怎么办？

前不久，中共中央办公厅、国务院办公厅印发了《关于进一步减轻义务教育阶段学生作业负担和校外培训负担的意见》，对义务教育阶段学生的作业和校外培训作出严格规定。这是一件好事。曾几何时，我们的中小学生作业负担重，不少孩子不是在各种各样的培训班里，就是在去培训班的路上。孩子们"学"无宁日，备尝艰辛；家长们焦虑不安，苦不堪言。校外培训机构为了增强吸引力，到处挖墙脚；有些老师受利益驱使，不能安心从教，导致社会怨声载道。他们的行为破坏了教育生态，违背了教育规律，严重影响了我国教育改革发展。教育是什么？教育是唤醒，是点燃，是激发。而校外培训的噱头仅仅是提高考试成绩，让孩子在中高考中占得先机。他们的广告词是"提高一分，干掉千人"，大肆渲染"分数为王"，在这种压力之下，孩子们面对的是"分萧萧兮题海寒"，不得不深陷题海，机械刷题。假如只有一部分孩子上培训班，提高的可能是分数。但是，如果大多数孩子或者所有孩子都去上培训班，那提高的就不是分数，而只是分数线。教育的根本任务是立德树人，是培根铸魂，是启智增慧，是德智体美劳全面发展，是培养社会主义建设者和接班人，是为中华民族伟大复兴提供人才，而不是培养只会考试的"机器"，更不能被资本所绑架。所以中央才"出重拳""放实招"，目的就是要减轻学生过重的课业负担，减轻家长过重的经济和精神负担。

"双减"政策出台后，学生们一片欢呼，再也不用在各种培训班之间来回奔波了，但家长产生了新的焦虑：孩子学习成绩怎么办？而对学校老师来说，这是一个新挑战、新任务，当然也是新机遇。学生在校时间增加，要求老师提升教学水平，科学合理布置作业，同时开展课外延伸服务，事实上是老师陪伴学生的时间增加了。这部分在校时间怎么安排？如何让学生利用好课外时间？这一切考验着老师们的智慧，而开展各种课外活动正好可以解决这个难题，比如：热爱人文的，可以开展阅读写作、演讲辩论、学习传统文化和民风民俗等社团活动；喜爱数理的，可以组织科普科幻、实验研究、统计测量、天文观测等兴趣小组；也可以开展体育比赛、艺术体验（音乐、美术、书法、戏剧）和劳动教育等实践活动。当然，所有的活动都应以培养学生的兴趣爱好为目的，以自愿参加为前提。学校开展课后服务，可以多方面拓展资源，比如博物馆、图书馆、科技馆、陈列馆、少年宫、青少年活动中心，甚至校外培训机构的优质服务资源，还可组织征文比赛、志愿服务、社会调查等，助力学生全面发展。

二、课外阅读新机遇

近年来，"新课标""新教材""新高考"成为语文教育改革的热词。前不久，我看到一个视频，说语文在中高考中的地位提高了，难度也加大了。这种说法有一定道理，但并不准确。说它有一定道理，是因为语文能力主要指一个人的阅读和写作能力，而阅读和写作能力又是一个人综合素养的体现。语文能力强，有助于学习别的学科。比如：数学、物理中的应用题，如果阅读能力上不去，读不懂题干，便不能准确把握解题要领，也就没法准确答题；英语中的英译汉、汉译英题更是考查学生的语言表达能力；历史题和政治题往往是给一段材料，让学生去分析、判断，得出结论，并表述自己的观点或看法。从这点来说，语文在中高考中的地位提高有一定道理。说它不准确，有两个方面的理由：一是语文学科本来就重要，不是现在才变得重要，之所以产生这种错觉，是因为在应试教育的背景下，语文的重要性被弱化了；二是语文考试的难度并没有增加，增加的只是阅读思维的宽度和广度，考查的是阅读理解、信息筛选、应用写作、语言表达、批判性思维、辩证思维等关键能力。可以说，真正的素质教育必须重视语文，因为语文是工具，是基础。不少家长和教师认为课外阅读浪费学习时间，这主要是教育观念问题。他们之所以有这种想法，无非是认为考试才是最终目的，希望孩子可以把更多时间用在刷题上。他们只看到课标和教材的变化，以为考试还是过去那一套，其实，考试评价已发生深刻变革。目前，考试评价改革与新课标、新教材改革是同向同行的，都是围绕立德树人做文章。中共中央、国务院印发的《深化新时代教育评价改革总体方案》明确指出："稳步推进中高考改革，构建引导学生德智体美劳全面发展的考试内容体系，改变相对固化的试题形式，增强试题开放性，减少死记硬背和'机械刷题'现象。"显然就是要用中高考"指挥棒"引领素质教育。新高考招生录取强调"两依据，一参考"，即以高考成绩和高中学业水平考试成绩为依据，以综合素质评价为参考。这也就是说，高考成绩不再是高校选拔新生的唯一标准，不只看谁考的分数高，还要看谁更有发展潜力、更有创造性、综合素质更高，从而实现由"招分"向"招人"的转变。而这绝不是仅凭一张高考试卷能够区分出来的，"机械刷题"无助于全面发展，必须在课内学习的基础上，辅之以内容广泛的课外阅读，才能全面提高综合素养。

三、"爱阅读"助力成长

这套"爱阅读"丛书是为中小学生量身打造的，符合《义务教育语文课程标准》倡导的"好读书、读好书、读整本书"的课改理念，可以作为学生课内学习的有益补充。我一向认为，要学好语文，一要读好三本书，二要写好两篇文，三要养成四个好习惯。三本书指"有字之书""无字之书"和"心灵之书"，两篇文指"规矩文"和"放胆文"，四个好习惯指享受阅读的习惯、善于思考的习惯、乐于表达的习惯和自主学习的习惯。古人说"读万卷书，行万里路"，实际上就是要处理好读书与实践的关系。对于中小学生来说，读书首先是读好"有字之书"。"有字之书"，有课本，有课外自读课本，还有"爱阅读"这样的课外读物。读书时我们不能眉毛胡子一把抓，要区分不同的书，采取不同的读法。一般说来，有精读，有略读。精读需要字斟句酌，需要咬文嚼字，但费时费力。当然也不是所有的书都需要精读，可以根据自己的需要决定精读还是略读。新课标提倡中小学生进行整本书阅读，但是学生往往不能耐着性子读完一整本书。新课标提倡的整本书阅读，主要是针对过去的单篇教学来说的，并不是说每本书都要从头读到尾。教材设计的练习项目也是有弹性的、可选择的，不可能有统一的"阅读计划"。我的建议是，整本书阅读应把精读、略读与浏览结合起来，精读重在示范，略读重在博览，浏览略观大意即可，三者相辅相成，不宜偏于一隅。不仅如此，学生还可以把阅读与写作、读书与实践、课内与课外结合起来。整本书阅读重在掌握阅读方法，拓展阅读视野，培养读书兴趣，养成阅读习惯。

再说写好两篇文。学生读得多了，素养提高了，自然有话想说，有自己的观点和看法要发表。发表的形式可以是口头的，也可以是书面的，书面表达就是写作。写好两篇文，一篇规矩文，一篇放胆文。规矩文重打基础，放胆文更见才气。规矩文要求练好写作基本功，包括审题、立意、选材、构思等，同时还要掌握记叙文、议论文、说明文、应用文的基本要领和写作规范。规矩文的写作要在教师的指导下进行。放胆文则鼓励学生放飞自我、大胆想象，各呈创意、各展所长，尤其是展现自己的应用写作能力、语言表达能力、批判性思维能力和辩证思维能力。放胆文的写作可以多种多样，除了大作文，也可以写小作文。有兴趣的还可以进行文学创作，写诗歌、小说、散文、剧本等。

学习语文还要养成四个好习惯。第一，享受阅读的习惯。爱阅读非常重要。每个同学都应该有自己的个性化书单，有的同学喜欢网络小说也没有关系，但需要防止沉迷其中，钻进"死胡同"。这套"爱阅读"丛书，就给中小学生课外阅读提供了大量古今中外的名家名作。第二，善于思考的习惯。在这个大众创业、万众创新的时代，创新人才的标准，已不再是把已有的知识烂熟于心，而是能够独立思考，敢于质疑，能够自己去发现问题、提出问题和解决问题，需要具有探究质疑能力、独立思考能力、批判性思维和辩证思维能力。第三，乐于表达的习惯。表达的乐趣在于说或写的过程，这个过程比说得好、写得完美更重要。写作形式可以不拘一格，比如作文、日记、笔记、随笔、漫画等。第四，自主学习的习惯。我的地盘我做主，我的语文我做主。不是为老师学，也不是为父母长辈学，而是为自己的精神成长学，为自己的未来学。

愿广大中小学生能借助这套"爱阅读"丛书，真正爱上阅读，插上想象的翅膀，飞向未来的广阔天地！

2021 年 10 月 15 日

写于京东大运河畔之两不厌居

阅读领航

阅读准备

·作家生平·

奥斯卡·王尔德（1854—1900），英国唯美主义艺术运动的倡导者，著名的小说家、诗人、戏剧家、艺术家。他生于爱尔兰都柏林的一个医生家庭，是家中的次子。他的父亲威廉·王尔德爵士是一名外科医生，母亲是一位诗人。

王尔德自都柏林圣三一学院毕业后，获得全额文学奖学金，于1874年进入牛津大学莫德林学院学习。在牛津，他受到了罗斯金和佩特的唯美主义思想的影响，并接触了新黑格尔派哲学、达尔文进化论和拉斐尔前派的观点，这为王尔德之后成为唯美主义先锋作家奠定了方向。在出版首部作品《诗集》后，王尔德在文坛开始崭露头角，并来到伦敦发展。

1887年，王尔德成为一家妇女杂志的执行主编辑，在杂志上发表了他的一些小说、评论和诗。其作品以辞藻华美、立意新颖和观点鲜明闻名，但真正为他赢得著名的是他的戏剧作品，可以说他的每一部戏剧作品都受到热烈欢迎。

王尔德一生共创作了9篇童话，结集为《快乐王子和其他故事》和《石榴屋》两部童话集。1900年他因病在巴黎去世。

·创作背景·

1909年，王尔德的遗骸被迁到拉雪兹神父公墓。

1884年，王尔德结婚生子，饱含着爱为孩子写童话。在祖辈那，他宁愿哭号而消化牙，执守前量以恒该篇以数节，展现出美的精神。他通过童话故事表达了自己的道德观和审美观、对基督教的观点以及对社会的讽刺等。他写的9篇童话，每一篇都实现了美与善的统一，无疑是世界儿童故事的经典之作，同时也被认为是适合成人阅读的童话。

·作品速览·

本书包含了王尔德所写的《快乐王子》《夜莺与玫瑰》《自私的巨人》《忠实的朋友》《非凡的火箭》《少年国王》《公主的生日》《渔夫和他的灵魂》《星孩儿》，共9篇童话故事。这些故事的语言华丽唯美，情节生动，堪称完美。

·文学特色·

细细地研读王尔德的童话，你可以从中体会到人间的冷暖，领悟到人生的哲理。王尔德以独特的叙事方式展示唯美主义风格的同时脱俗谋，传递了一种难以言喻的美。

一、语言准确、机智，不失趣味性。有人说王尔德是最善言读的作家，读出机锋密布、冷隽幽默，他的童话也充分展示了他这方面的才华。

"作家生平"，走近作家，一睹作家风采；"创作背景"，了解作品创作的时代背景；"作品速览"，把握故事全貌、主题意蕴；"文学特色"，发掘作品深刻的文学价值，以增进理解，提高阅读效率。

阅读总结

名家心得

王尔德的每一个故事都是一首诗。快乐王子是美的化身，他的真诚、善良让我们油然而生敬意，而他悲惨的结局更是震撼着我们的心灵。在我们的心中，这种为了他人的幸福而牺牲自己的精神是非常崇高的。

——上海市七宝中学高级语文教师 陈韦兰

我的心不再也无法平静！小燕子跌倒在地的声音撞击着我的心灵，而快乐王子那颗破裂成两半的铅心更让我心痛不已。心底的暖意慢慢升腾起来，内心的感动也一点点弥漫开去……

——儿童文学方向研究生 钱燕

真题演练

1.《快乐王子》中快乐王子和燕子最终去了（　）。
　A. 天堂　　B. 地狱　　C. 埃及
2.《夜莺与玫瑰》中夜莺用（　）换来了那朵红玫瑰。
　A. 宝石　　B. 金币　　C. 生命
3.《自私的巨人》中巨人最后被（　）带走了。
　A. 国王　　B. 表哥　　C. 上帝
4.《公主的生日》中小矮人最爱的人是谁？

5.《渔夫和他的灵魂》中渔夫认为（　）比世界上的一切都珍贵。
　A. 智慧　　B. 爱　　C. 财富

1. A
2. C
3. C
4. 公主
5. B

"名家心得"，听听名家怎么说；"读者感悟"，看看别人怎么想；"阅读拓展"，帮你丰富文学知识，增强艺术感受力；"真题演练"，考查阅读本书后的效果，是对阅读成果的巩固和总结。习题具有一定的延伸性和拓展性，对于没有回答上来的问题，读者可以借此发现阅读上的不足，心中带着疑问，为下一次的精读做好准备。

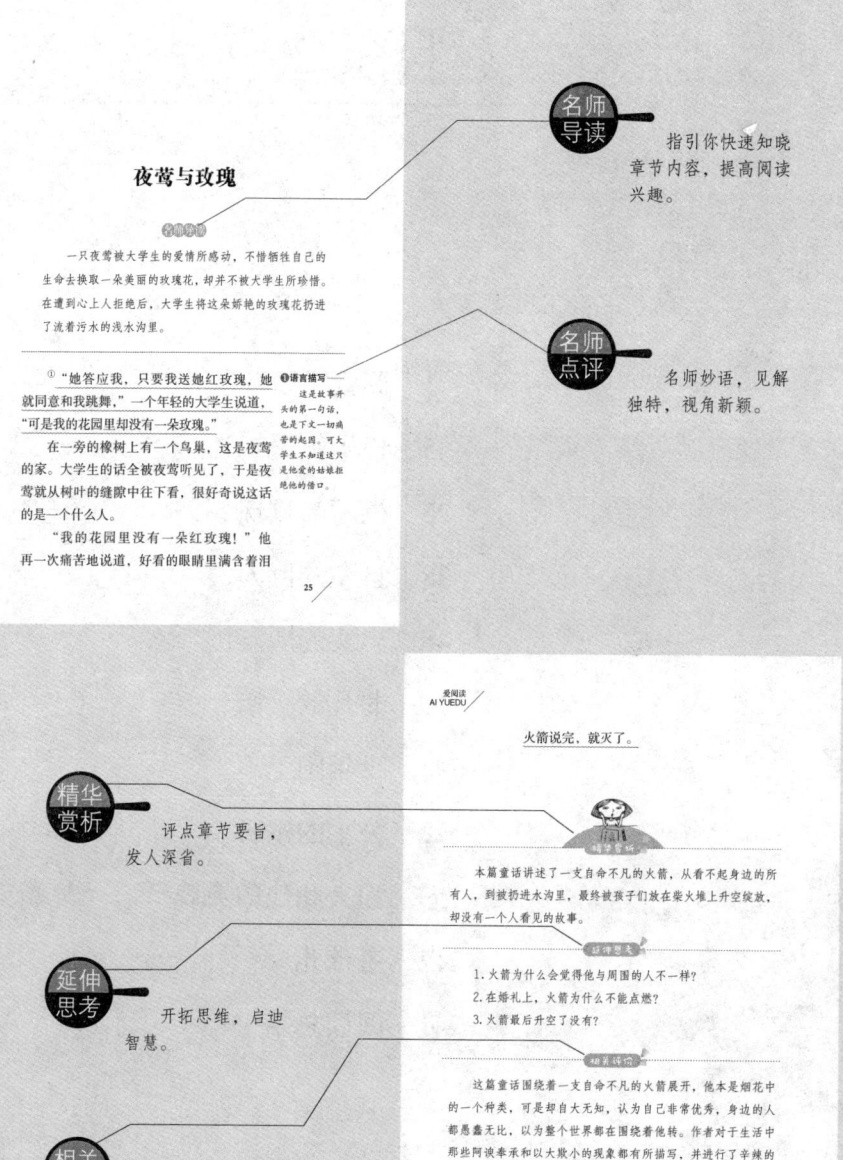

Contents

目录

1	**阅读准备**
5	快乐王子
25	夜莺与玫瑰
38	自私的巨人
48	忠实的朋友
70	非凡的火箭
93	少年国王
118	公主的生日
153	渔夫和他的灵魂
212	星孩儿
241	**阅读总结**

·作家生平·

奥斯卡·王尔德（1854—1900），英国唯美主义艺术运动的倡导者，著名的小说家、诗人、戏剧家、艺术家。他生于爱尔兰都柏林的一个医生家庭，是家中的次子。他的父亲威廉·王尔德爵士是一名外科医生，母亲是一位诗人。

王尔德自都柏林圣三一学院毕业后，获得全额文学奖学金，于1874年进入牛津大学莫德林学院学习。在牛津，他受到了罗斯金及佩特的唯美主义思想的影响，并接触了新黑格尔派哲学、达尔文进化论和拉斐尔前派的作品，这为王尔德之后成为唯美主义先锋作家确立了方向。在出版首部作品《诗集》后，王尔德在文坛开始崭露头角，并来到伦敦发展。

1887年，王尔德成为一家妇女杂志的执行总编辑，在杂志上发表了他的一些小说、评论和诗。其作品以辞藻华美、立意新颖和观点鲜明闻名，但真正为他赢得名誉的是他的戏剧作品，可以说他的每一部戏剧作品都受到热烈欢迎。

王尔德一生共创作了9篇童话，结集为《快乐王子和其他故事》和《石榴屋》两部童话集。1900年他因病在巴黎去世。

1909年，王尔德的遗骸被迁到拉雪兹神父公墓。

·创作背景·

1884年，王尔德结婚生子，饱含着爱为孩子写童话。在他看来，孩子是美与善的化身，孩子的童话也应该温良敦厚，展现出美的精神。他通过童话故事表达了自己的道德观和审美观、对基督教的观点以及对社会的讽刺等。他写的9篇童话，每一篇都实现了美与善的统一，无疑是世界儿童故事的经典之作，同时也被认为是适合成人阅读的童话。

·作品速览·

本书包含了王尔德所写的《快乐王子》《夜莺与玫瑰》《自私的巨人》《忠实的朋友》《非凡的火箭》《少年国王》《公主的生日》《渔夫和他的灵魂》《星孩儿》，共9篇童话故事。这些故事的语言华丽唯美，情节生动，堪称完美。

·文学特色·

细细地研读王尔德的童话，你可以从中体会到人间的冷暖，领悟到人生的哲理。王尔德以独特的叙事方式展示唯美主义风格的悲剧故事，传递了一种难以言喻的美。

一、语言准确、机智，不失趣味。有人说王尔德是最善言谈的作家，谈吐机锋密布、冷隽幽默，他的童话也充分展示了他这方面的才华。

二、美到极致,美得醉人。王尔德在给儿子讲述《快乐王子》时,自己禁不住流下了眼泪。他对儿子说:"真正美丽的事物总会使自己流下眼泪。"

三、寓意深刻,感人肺腑。王尔德的每一篇童话都营造了一种美而忧伤的氛围,人物都有着强烈的献身精神,能让读者切实地感到强大的道德力量。

快乐王子

名师导读

　　一只从北方飞往温暖的埃及过冬的燕子，遇到了繁华都市中光彩照人的快乐王子。快乐王子因为城市中人们的痛苦而伤心欲绝。他请求燕子帮助他去救助那些贫苦的人们，最终选择牺牲自己，而燕子因为不愿离开王子冻死在了北方。他们的伟大感动了上帝，天使将他们高贵的灵魂带到了天堂。

　　在一个繁华的城市中央矗立着一座雕像，这是一个王子的雕像，城市的人们都称他为快乐王子。王子的雕像下竖立着一根高高的圆柱，王子高高在上，可以俯瞰整个城市。他周身被一层纯金的金叶子覆盖着，两个眼珠是用漂亮的蓝宝石制作的；他的腰间佩着一把长剑，剑柄上还点缀着一颗红宝石，每到太阳出

来的时候，他全身都闪耀着夺目的光辉。

整个城市的人们都很崇拜他，一位市议员这样评论："他像风信标一样美。"是的，在世人眼里他确实是一件完美的艺术品。这位议员又补充说："只是有些不实用。"① 快乐王子很怕别人这样评价自己，因为他并不是一无是处的。

比如说，一位母亲会鼓励自己正在哭泣的儿子，因为她的儿子想要月亮而得不到满足。母亲说："你为什么不能像快乐王子那样？你看快乐王子什么时候哭哭啼啼地要一件东西？你应该像他那样勇敢，才能称得上是男子汉！"

一个失意人站立在雕像下，抬头看着这尊脸上洋溢着微笑的雕像说："我真高兴，看到他的笑脸就能感受到欢乐。"

慈善堂里走出一群孩子，他们结束了一天的课程，正从大教堂里走出来，他们都披着绯红的斗篷，腰间系着洁白的围裙。突然一个孩子对大家说：② "你们看，他多像一个天使！"

他的数学老师问："你怎么知道？你又没有见过真正的天使。"

❶ 心理描写

快乐王子并不是金玉其外的人，因为后文说到了他所具有的力量。

❷ 语言描写

小孩子率真善良，毫不掩饰对快乐王子的赞美。说明快乐王子不仅仅受大人们喜欢，连小孩子也喜欢他。

"我见过的，我在梦里不止一次见过天使呢。"数学老师听了立刻皱起了眉，因为他是一个古板的人。他认为梦里所见的都是虚无缥缈的东西，是不可信的。

有一天夜里，城市的上空飞过一只小燕子。六周之前，他的同伴们就已经离开了那座城市，飞往温暖的埃及去越冬了。而这只小燕子没有离开，因为他喜欢上河里的一根芦苇，还是在春天的时候，他就与她相遇了。那时他正紧紧地跟着一只黄蛾，在沿着河流飞行时，被她碧绿纤细的腰身吸引住了，于是他就放弃了黄蛾，停下来和芦苇说话。

①"能允许我爱你吗？"燕子开门见山地表达了自己的爱慕之情。芦苇听了没有说话，只是对着燕子深深地鞠了一躬。他非常开心，围着她飞了一圈又一圈，不时地用翅膀尖轻轻拍打水面，芦苇的周围荡起一串串涟漪。这是燕子独特的求爱方式。就这样，燕子守着芦苇度过了整个夏天。

"你这是非常愚蠢的做法，"他的亲戚朋友都站出来劝他放弃，"她没有钱，也没有地位，有的只是乱七八糟的亲戚。"这话不假，

❶ 语言描写
虽然只有短短的几个字，却包含了小燕子的无限深情。

河岸两边长满了密密麻麻的芦苇,这都是她的亲戚。秋天来了,树上的叶子开始变黄,燕子的家人纷纷动身飞向温暖的地方。

家人、朋友都走了,小燕子感到很孤单,他对芦苇也开始厌烦了。燕子抱怨道:"她总是不开口跟我说话,她总和风儿眉来眼去,我看她就是一个荡妇!"他说的没错,每当风儿刮过,芦苇总会扭动着腰肢优雅地向风儿行礼。"她是一个能守家的人,"他接着说,"可是我是一个旅行家,因此,我的妻子也应该和我一样。"

"你愿意和我去远方吗?"燕子问芦苇。芦苇还是什么也没说,只是摇摇头。燕子感到很失望。

"看来你一直在戏弄我!"他不开心地叫道,①"我要走了,埃及的金字塔那么辉煌,比这里所有的建筑都漂亮。再见吧!"他飞走了。

他飞了一天之后来到这座城市。"天很晚了,我应该停下来休息一下,"他想,"希望这个城市能给我提供一个安全的住处。"

很远他就看到了城市中心的那座雕像。

"这个地方很不错,"他高兴地嚷道,

❶语言描写
小燕子因为芦苇不肯跟他一起走而十分生气。

读书笔记

"这里安全，空气又好，再没有比这里更合适的位置了。"于是他朝雕像飞去，最后落在王子两脚的中间。

他对这个暂时的栖息地感到满意，"我还没住过金子做的卧室呢。"他环顾了一下周围的环境，很得意地说道。接着他就准备睡觉了。

飞了一天，他感到很累，于是他把头埋在翅膀下合上了眼。这时一大滴水滴下来，正好滴落在他的身上。"真是奇怪！"他惊叹道，"天上满是星斗，连一朵云彩都没有，怎么会下起雨来呢？①北欧的天气总是变化无常，可芦苇就喜欢这样的下雨天，真是受不了！她完全是因为自私才不愿离开那里的。"

正想着，又一滴水滴了下来。

"这么高大的一座雕像居然不能给我挡雨，太令我失望了。"他自言自语地说着，"我得再换个地方去避雨了。"他起身想要飞走。

可就在这时，第三滴水又滴下来了。他这时不确定是否真的下雨了，他仰起头看着快乐王子的脸，他惊奇地发现快乐王子双

❶ 语言描写
燕子离开芦苇之后，心里还在生芦苇的气，依然觉得是芦苇自私才导致她不愿意和他走。

眼里满含着泪水，泪水正止不住地顺着他金色的脸庞往下淌着。月光下，他的脸英俊极了。看着他哭泣，小燕子心里充满了同情。

"你是谁啊？"小燕子问。

"我是快乐王子。"

①"快乐王子？既然你很快乐，为什么要哭呢？"小燕子不解地问，"你看，你的泪水把我的翅膀都打湿了。"

"从前，我也不知道眼泪是什么，那时候我还有一颗人类的心。"雕像说，"那时候我过着无忧无虑的生活，我住在王宫里，每天都有人陪着我在宫殿里玩耍，我从来不知道忧愁是什么。王宫的周围有一堵高高的宫墙，我从来没想过外面是一个什么样的世界，我以为外面和王宫里面一样无忧无虑。大臣们叫我快乐王子，实际上我也真的很快乐。我就这样快乐地过完了我的一生。当我死后，他们把我放在这里。我站得这么高，②我终于看清了人世间的丑陋与苦难。我现在的心虽然是铅做的，但我一样能感到忧愁。"

"什么？铅做的心，我以为他是纯金的。"小燕子心里暗想，但他出于礼貌，没有

---

❶ 语言描写、反问

小燕子的反问也道出了读者心中的疑问，引领读者继续往下阅读，探究快乐王子哭泣的原因。

❷ 语言描写

快乐王子因为看到人世间的丑陋与苦难而流下泪来，表现了他的善良和慈悲。

把心里的话说出来。

"在远处,"雕像用深沉但非常好听的声音说,"在一条偏僻的小巷里,住着一户贫苦的人家。他们家的一扇窗开着,我透过窗户看到屋里的一切,一个女人坐在桌子旁。①<u>她很瘦弱,一双手很粗糙,冻得发红,手指上还布满了针眼。</u>她是个裁缝,她这会儿正在给一件绸缎礼服绣西番莲花。那是王后的一个侍女要穿的。宫廷要举办一个舞会,那是侍女的礼服。房间的一个角落里,她生病的儿子正在床上躺着,他感冒了,这时正在发高烧。他哭着想吃柑橘。可他的母亲除了河水,没有任何东西能给他吃,他不停地哭,我的心都快要被他哭碎了。②<u>燕子,亲爱的小燕子,你愿意跑一趟吗?把我剑柄上的红宝石摘下来送给她。我的脚被牢牢地固定在这里,我哪儿也去不了。</u>"

"可是我要急着赶路呢,"燕子说,"我的亲戚和朋友都去了埃及,我也正要去那里与他们会合。我想此时他们正在尼罗河上飞来飞去,与大莲花聊天呢。他们晚上会在埃及法老巨大的坟墓里休息,法老本人就躺在一个彩绘的棺木中。法老的身上涂满了防腐

❶ 细节描写
对这个女人的手部进行细节描写,反映了其生活的窘迫。

❷ 语言描写
快乐王子的话语里充满着焦急,因为他一心只想着拯救别人的苦难。

读书笔记

的香料，裹着一层厚厚的黄色亚麻布；他的脖子上戴着一根翡翠项链，双手干枯得像树枝一样。"

"燕子，燕子，"王子恳求道，"你就多陪我一个晚上，做一回我的使者，你要知道，那位可怜的母亲和孩子现在多么需要你的帮助。"

"可是你兴许不知道，我并不喜欢男孩子，"燕子说，"去年的夏天，我在河边觅食的时候，两个调皮的男孩子——他们是磨坊主的孩子，不住地向我扔石头。当然，他们并没有得逞，我有着高超的飞行技术，他们是不可能打中我的。再说，我的家族可是以身手敏捷而著称的。但是，我仍旧讨厌男孩子。"

① 快乐王子的脸上露出悲哀的神情，燕子看了心里也跟着难过起来。"天越来越冷了，"他说，"我答应陪你一夜，做一次你的使者。"

"太谢谢你了，燕子！"王子高兴地连连感谢道。

燕子飞到剑柄上，费了很大力气才从剑柄上把红宝石啄下来，然后衔在嘴里，一跃

❶心理描写
　　看见快乐王子难过自己也跟着难过，可见小燕子的心地也很善良。

而起，消失在夜色当中。

他飞过一个个屋顶，掠过大教堂的塔楼。塔楼上也有用白色大理石做的雕像，那是一群小天使的雕像。①他又飞过王宫，听到王宫里传来唱歌的声音，有一个美丽的姑娘和她的情人站在阳台上。"星星真的太美了！"她说。"是爱的力量让它变得这么美妙的。"他回答。

"真希望我的礼服能早一天做出来，我要在舞会上尽情地展示自己，"她说，"我叫人在衣服上绣了我最喜欢的西番莲花，可那些裁缝懒得做。"

他飞过河流，河面上漂着帆船，船桅上挂着灯笼。他又飞过犹太人居住区。这么晚了那些犹太人还在为生意上的事讨价还价。最后他飞到那户贫苦的人家，他向屋里观望，正如快乐王子所说的那样，小男孩在床上痛苦地翻来覆去。他的母亲累极了，趴在桌上睡着了。他落到桌子上，把那块红宝石放在那女人的针箍旁。然后又围着床轻轻地飞着，扇动翅膀给男孩送去凉风。

"真奇怪，"小燕子说，"天这么冷，我却感到很温暖。"

❶ 对比
　　燕子的飞行轨迹，为我们展示了王宫的生活环境，与那户贫苦人家的生活环境形成了鲜明的对比。

读书笔记

读书笔记

"因为你做了好事,所以会感到很温暖。"王子说。

小燕子想思考一些问题,可他只要一动脑筋就睡着了。

第二天阳光刚照到王子的身上,小燕子就醒了过来,他飞到河边洗了个澡。"真是奇怪的现象,"一个鸟类专家从此路过,他看到正在洗澡的燕子便说,"已经冬天了,还有燕子在,这真是反常的现象!"对此,他写了一封信寄给当地的报纸,人们也都为此事感到奇怪。

"今天我真的要离开了。"燕子说,他兴奋地对王子讲述在埃及的所见所闻,那里雄伟的建筑以及异域风情,都让他精神振奋。

他留恋地在这个城市飞了一圈,他的出现引起了麻雀的好奇。麻雀们叽叽喳喳地讨论道:"这真是一个高贵的异乡人。"① 燕子听了很得意。

① 心理描写
小燕子因为受到别人的赞美而高兴。

太阳下山了,燕子回到快乐王子身边。

"我要去埃及了,你在埃及有什么事需要我去办吗?"他问,"我马上就要离开这里了。"

"燕子,好燕子,能不能再陪我一夜?"

王子恳求道。

"我的亲戚朋友都在埃及等我，"燕子说，①"明天他们就会飞到第二大瀑布去。那儿有高大的河马，它们在宽叶香蒲中间嬉戏。门农神像矗立在花岗岩上，他整夜遥望着星辰。正午的时候，威武的狮子会走到河边喝水。它们的眼睛如绿柱石般美丽，它们的吼声比瀑布的声音还要响亮。"

"燕子，燕子，小燕子，"王子说，"我看到城市的尽头，有一个年轻人住在阁楼里。他把头埋在一张堆满纸的桌子上，桌上的玻璃杯里插着一支枯萎的紫罗兰。他有一头棕色的鬈发，他的嘴唇像石榴一样红艳。他是一个贫穷的作家，他正在为剧院的新戏写剧本，可他太冷了，冷得无法再写下去。炉子里的火熄了，饥饿随时都可能带走他的性命。"

"好吧，我就再陪你一夜吧，"燕子心想，王子的心肠可真好，"你准备让我给他也送一颗红宝石吗？"

"唉，可我只有一颗红宝石，"王子说，②"现在我剩下的就只有这双眼睛了，它们是用蓝宝石做的，产自1000多年前的印度，能

❶ 语言描写
　　小燕子的心里一直想的是要到温暖的埃及去过冬，所以话语中才会流露出对埃及的憧憬。

✎ 读书笔记

❷ 语言描写
　　表现了快乐王子的伟大和小燕子的善良。

卖一个好价钱。现在你把我的一只眼睛取下来，送给这个作家，这样就能帮助他渡过难关了。"

"亲爱的王子，"燕子哭着说，"我办不到啊。"

"燕子，燕子，小燕子，"王子说，"现在他急需我们的帮助，你就照我说的做吧。"

燕子的内心挣扎了好一阵子，才在王子的再三要求下摘下一只蓝宝石眼睛，然后飞到那个阁楼上。房顶的上面有一个破洞，小燕子很容易地就钻了进去。年轻人这时正痛苦地抱着头，以至于连燕子拍打翅膀的声音也没听到。当他再抬起头来时，惊讶地发现枯萎的紫罗兰旁边多出一颗美丽的蓝宝石。

"我一定是受到赏识了，"他高兴地喊道，"这一定是一位特别有眼光的仰慕者送给我的，现在我能完成我的作品了。"

第二天，燕子飞到了港口，他落在一条大船的桅杆上，看着水手们辛勤地在船上工作，"嗨哟——拉！"船员们正喊着号子把大箱子从船舱里搬出来。没有人留意到他的存在。天黑以后，燕子又飞回到快乐王子身边。

"快乐王子，我要跟你说再见了。"燕

子说。

① "燕子，燕子，小燕子，"王子急切地说，"请你再陪我最后一个晚上吧。"

"可是这里已经是冬天了，"燕子说，"马上就会下起雪来的，如果是在埃及，这时可以沐浴到温暖的阳光，我可以落在棕榈树上休息，观看鳄鱼在泥潭里打滚儿。我的伙伴们会在贝卡平原北部的巴尔贝克太阳神庙里筑巢，漂亮的鸽子在谈论着我的家族。亲爱的王子，他们想念我，我也想念他们，所以我必须离开了。但我不会忘记你，明年我回来的时候，一定送给你两颗美丽的宝石，让你恢复成原来的模样。相信我，红宝石会像玫瑰花那样鲜艳，蓝宝石会像天空那样湛蓝。"

"在不远处的广场上，"快乐王子说，"那里有一个卖火柴的小女孩，她的火柴不小心全掉进了阴沟里，已经不可能卖出去了。可是如果她带不回去钱，她就会挨父亲的打。

❶ 语言描写
用"急切"一词说明了快乐王子内心的焦虑，因为这个城市里没人了解他的想法，只有小燕子可以帮助他。

读书笔记

注释
巴尔贝克太阳神庙：位于黎巴嫩首都贝鲁特东北85公里的贝卡平原北部，是世界著名的古迹，至今已经有3000多年的历史了。虽然经历近2000年的刀兵水火，巴尔贝克太阳神庙已经残败不堪，但残存的宏伟规模仍让人惊叹不已。

❶ 语言描写

快乐王子想把自己最后的一只眼睛摘下来送给小女孩，进一步表现了快乐王子伟大的情怀。

① 她哭得太伤心了，她既没有袜子也没有鞋，这么冷的天连顶帽子也没有，她太可怜了。把我的另一只眼睛摘下来给她吧，这样她就不会挨打了。"

"我答应你再陪你一夜，"燕子说，"但我不能摘你唯一的一只眼睛了，那样的话你会瞎的。"

"燕子，燕子，小燕子，"王子说，"她比我更需要这颗宝石，照我说的做吧。"

小燕子答应了王子，把他仅剩的一颗宝石也啄下来，衔着它送到了小女孩的手里。"多么漂亮的一块玻璃！"小女孩高兴地叫道，然后高高兴兴地跑着回家了。

燕子飞回快乐王子的身边，"现在你什么也看不到了，"他说，"我会永远陪着你，充当你的眼睛。"

"不，亲爱的小燕子，"王子说，"请你现在离开我吧，在埃及有你的朋友在等着你。"

❷ 语言描写

小燕子经过这么多天和快乐王子的相处之后，早已被他伟大的人格所折服，不愿意再离开他。

② "不，这次我不会再听你的，我要永远留在你身边。"燕子说完，就卧在王子脚边睡着了。

第二天，小燕子醒来后飞到王子的肩头

上，他把自己在各地看到的奇妙的事情讲给王子听，特别是很多在埃及的所见所闻。他讲到了长着红羽毛的朱鹭，那是一种在尼罗河两岸很常见的鸟儿，它们会站成长长的一排，在岸边捉金鱼。燕子又说到斯芬克司，它和人类历史一样古老，它住在一望无际的沙漠里，世上没有它不知道的事情。燕子又讲到沙漠里的商队，商人赶着长长的驼队，那是沙漠里独特的景色。还有月亮山的国王，他有着乌黑的皮肤，崇拜的是一颗大水晶。他又说到生活在棕榈树上的绿色巨蟒，有二十位僧侣专门用特制的食物喂养它。他还说到俾格米人，他们能够安稳地坐在扁平的大树叶上驶过大湖，他们还和蝴蝶打仗。

"亲爱的小燕子，"王子说，"感谢你给我讲了这么多有趣的故事。但是你没有注意到，在人间还有很多人正经受着苦难，而这些才是我关心的。到这个城市里飞一圈吧，

注释

斯芬克司：指埃及神话中的狮身人面兽。
月亮山：位于非洲国家乌干达和刚果民主共和国的交界处，是乌干达人心中的"圣山"。
俾格米人：居住在非洲中部热带森林地区的民族，身材较矮，被称为非洲的"袖珍民族"。

把你看到的悲惨的事情告诉我。"

于是小燕子就来到这个城市的上空,他飞到了城市的每个角落,①他看到富人们在豪华的房子里取乐,享受着美味佳肴。而乞丐缺衣少食,蹲在寒风中瑟瑟发抖。他飞进阴暗的小巷子里,看到饥饿的孩子们脸色苍白,无精打采地在污秽的街道上游荡。在一座拱桥下,两个年龄不大的小男孩互相依偎着取暖。"太饿了!"他们说。这时,一个巡夜人出现在这里,"快点离开这儿!"他大吼着驱赶两个男孩,男孩只好从桥洞里爬出来,消失在雨中。

燕子把看到的一切都告诉了快乐王子。

"我身上还有一些纯金的叶子,"王子说,②"你把它们揭下来,送给有需要的穷人们,这些金叶子也许能帮他们渡过难关。"

燕子就把王子身上的金叶子一片一片揭下来送给了有需要的人们,这样一来王子就失去了往日的风采,他变得黯淡无光,一副毫无生气的模样。可是,他的礼物却让穷人们得到了快乐,"我们可以吃上面包了!"穷人们高兴地说道。

不久之后,城里降了第一场雪,空气一

❶ 环境描写

表现了富人与穷人生存环境的天壤之别,揭示了巨大的贫富差距和社会的不公,为下文快乐王子牺牲自己帮助穷人做铺垫。

❷ 语言描写

快乐王子牺牲自己去拯救他人,实在让人感动。

下子冷了许多。路上的雪被冻住了，亮晶晶地闪着刺眼的白光；屋檐下的冰凌长长的，像一把把剑；在街上行走的人们都裹得严严实实的，孩子们在尽情地溜冰。

小燕子感觉越来越冷了，他从来没经历过这么寒冷的天气，但他又不舍得离开王子。① 他现在已经找不到食物，只好到面包店，趁面包师不注意捡面包屑吃，他不住地扇动着翅膀，不让身体冻僵。可是他知道，他很快就要死了。他现在的力气只够飞到王子身边，他这样做了，他最后一次落在王子的肩头。"亲爱的王子，我要跟你说再见了！"他声音微弱地说，"我能吻下你的手吗？"

❶ 动作、心理描写
小燕子为了救其他人而没去埃及过冬，他就快要冻死了，只能靠捡面包屑来充饥和不停地扇动翅膀来防止冻僵。

"你能离开这里去埃及我真是太高兴了，小燕子，"王子说，"你终于同意离开我了！我希望能吻你的嘴，小燕子，我太爱你了！"

"王子，我去的不是埃及，"燕子说，"我要去死神那里。死神和睡神是亲兄弟吧，我想我睡一阵儿就会到达那里。"

小燕子用尽最后的力气吻了吻王子的嘴唇，然后一头栽下去，躺在王子的脚下永远地睡去。

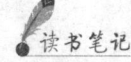
读书笔记

就在这时,雕像内突然传出一声巨大的咔嚓声,像是什么东西破裂的声音。事实上真是这样,王子那颗用铅做的心裂为了两半。

第二天早上,市长在一群市议员的簇拥下来到广场上散步,他们当中有个人无意中抬头看了一眼王子的雕像,"天哪!你们快看,快乐王子的模样太寒酸了!"他惊呼道。

"确实不像样子了!"市议员们也跟着嚷嚷道,他们觉得这么寒酸的雕像有损整个城市的形象。

"他剑上的红宝石不见了,眼睛上的蓝宝石也没了,就连身上的金叶子也一片都没有了,"市长感叹道,"他看上去就像个乞丐!"

① "比乞丐还要寒酸!"大家附和着。

"他的脚下还有一只死鸟!"市长惊呼,"我们得拟定一份声明了,禁止鸟类死在这里。"书记员飞快地记在本子上。

他们商量着推倒快乐王子的雕像。"他现在不是件艺术品了,看上去令人讨厌。"大学的艺术教授发表意见道。

雕像被取下来,送到熔炼炉里熔化。市长把议员们召集起来开了个会,大家讨论熔

---

❶ 语言描写

快乐王子为了救助大家,而牺牲了自己,可是大家说他比乞丐还寒酸,如此冰冷的话语比寒冷的天气更让人心寒!

化后的金属用在什么地方。"我们得再建一座雕像,"市长说,"最好建我的雕像。"

① "该建我的雕像才对。"每一个议员都发表了看法,结果他们争论不休,一直到现在都还没有结果。

"这太奇怪了!"铸造厂的工人说,"这个裂为两半的铅心怎么也熔化不了,还是把它扔了算了。"就这样,裂为两半的铅心被扔到一个灰堆上,死去的燕子也在那里。

天堂里,上帝对天使说:"去把那个城市里最宝贵的两样东西拿来。"结果天使带回了铅心和小燕子的尸体。

"你的选择非常正确,"上帝说,"我的花园里需要这只小鸟的歌唱,我的黄金城里需要快乐王子为我赞美和颂扬。"

❶侧面描写
在他们推倒了快乐王子的雕像之后,为到底该立他们中哪个人的雕像而争论不休。凸显出市长和市议员的自私、冷漠,更衬托了快乐王子和小燕子的高尚和伟大。

读书笔记

精华赏析

本文描写了快乐王子和小燕子牺牲自己去救助城市中处境悲惨的人们,并最终升入天堂的故事。这个故事告诉我们善良终会有回报。

延伸思考

1. 小燕子本来准备飞到哪里去过冬?
2. 快乐王子的心是用什么做的?
3. 快乐王子所在的城市里最宝贵的两样东西是什么?

相关评价

这篇童话讲述了快乐王子从无忧无虑到牺牲自己的生命去减轻别人的痛苦,小燕子从不愿意留下到不顾冻死而选择陪伴在王子身边的故事。故事的笔调从轻快到略显沉重,以童话的文学形式表现了作者对善良、无私的赞美和对公平、美好生活的向往。

夜莺与玫瑰

名师导读

一只夜莺被大学生的爱情所感动，不惜牺牲自己的生命去换取一朵美丽的玫瑰花，却并不被大学生所珍惜。在遭到心上人拒绝后，大学生将这朵娇艳的玫瑰花扔进了流着污水的浅水沟里。

---

① "她答应我，只要我送她红玫瑰，她就同意和我跳舞，"一个年轻的大学生说道，"可是我的花园里却没有一朵玫瑰。"

在一旁的橡树上有一个鸟巢，这是夜莺的家。大学生的话全被夜莺听见了，于是夜莺就从树叶的缝隙中往下看，很好奇说这话的是一个什么人。

"我的花园里没有一朵红玫瑰！"他再一次痛苦地说道，好看的眼睛里满含着泪

❶ **语言描写**

这是故事开头的第一句话，也是下文一切痛苦的起因。可大学生不知道这只是他爱的姑娘拒绝他的借口。

花，"幸福竟依赖于这么微不足道的东西，我读过智者的书，掌握了很多哲学思想，却因为缺少一朵红玫瑰，而陷入痛苦之中。"

"终于看到一个懂得真爱的人了，"夜莺自言自语地说道，"虽然我和他素不相识，但我整晚所唱的歌、向星星所讲的故事中所涉及的不就是这个人吗？现在我终于见到他本人了！①他有一头乌黑的头发，他的双唇像红玫瑰那样鲜红。可是他正陷入忧伤之中，脸色像象牙一样白，脸上带着无限的愁容。"

❶ 外貌、神态描写
刻画出了大学生饱受爱情煎熬的样子。

"明天晚上就要开舞会了，"年轻的大学生说道，"我喜欢的姑娘也会参加，如果我能带一朵红玫瑰给她，她就能陪我跳到天明。如果我有一朵红玫瑰送给她，我就能搂着她纤细的腰，让她的头靠在我的肩膀上，我还可以握着她的手。可是我的花园里没有红玫瑰，所以到时我只能孤独地坐着，看着她从我身边走过，连看都不看我一眼。想想这一切都让我心碎。"

"这真是一个感情专一的人呢，"夜莺说，"我所歌唱的，正是他受的苦难；我心中的欢乐，却是他心里的痛苦。②爱是神奇的事情，它比翡翠更珍稀，比蛋白石更宝贵。爱

❷ 语言描写
纯洁的爱情本来是这个世界上最珍贵的东西，是不能用金钱买来的。

情是珍珠和石榴石换不来的，它是无价的，市场上你买不到它，你给商人再多的金子也休想从他手中买到爱情。"

"乐师们在大厅里整齐地坐着，"年轻的大学生说，"他们用各式的乐器演奏美妙的音乐，我心爱的姑娘会随着动听的音乐翩翩起舞。她就像一只蝴蝶，轻盈地在舞池里旋转，仿佛双脚从未触到地板一样。那些身穿华丽礼服的大臣们会簇拥在她周围。但她不会和我跳舞，因为我没有红玫瑰。"①他说完就扑倒在草地上痛苦地哭泣着。

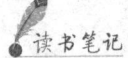动作描写
表现了大学生的焦虑、无助和痛苦。

"这个男人为什么要哭呢？"一只蜥蜴从草地上路过，看到这奇怪的一幕后问道。

"到底是为什么？"一只蝴蝶在阳光下飞舞，路过草地时说道。

"到底是为什么？"一枝雏菊用柔弱的声音发表了自己的看法。

"为了朵红玫瑰。"夜莺回答道。

"他哭只为了一朵红玫瑰？"他们感到不可思议，"这是多么荒唐的事啊！"小蜥蜴

注释

雏菊：多年生草本植物，舌状花白色、粉色或红色，管状花黄色。原产于欧洲，在中国普遍栽培，供观赏。

一向愤世嫉俗，说完就哈哈大笑起来。

①可是夜莺却理解大学生心里的苦楚，她静静地站在橡树上，思索着爱的力量。

过了一会儿，她展开美丽的翅膀，腾身一跃飞到空中。她轻快地飞过一片小树林，又灵巧地飞过花园，最后她在一片草坪上发现了一株玫瑰树，便落在一根树枝上。

"请给我一朵红玫瑰，好吗？"夜莺对玫瑰树说，"我会给你唱一首最动听的歌的。"

玫瑰树摇摇头，拒绝了她。

"你看到了，我的玫瑰花都是白颜色的，"玫瑰树回答，"就像大海中漂浮的泡沫那样白，像雪山上的积雪一样白。在日晷旁边有我的兄弟，你到那里去看看，也许能找到红玫瑰。"

②夜莺谢过了玫瑰树，又飞到日晷旁的玫瑰树上。

"请给我一朵红玫瑰，好吗？"夜莺对玫瑰树说，"我会给你唱一首最动听的歌的。"

❶ 心理、动作描写

这是一只善良的夜莺，她理解并同情大学生，所以才会决定去帮助他。

❷ 动作描写

表现了夜莺为找到玫瑰花而不辞辛劳。

注释

日晷：古人利用日影测得时刻的一种计时仪器，又称"日规"。其原理就是利用太阳的投影方向来测定并划分时刻，通常由晷针（表）和晷面（带刻度的表座）组成。利用日晷计时是人类在天文计时领域的重大发明，这项发明被人类沿用达几千年之久。

玫瑰树摇摇头，拒绝了她。

"你看到了，我的玫瑰花都是黄颜色的，"玫瑰树回答，"颜色就跟玫瑰宝座上美人鱼的头发一样黄，比开在草甸子上的水仙花还要黄。你还是到大学生窗台下去看看吧。那里有我的兄弟，也许能找到红玫瑰。"

夜莺谢过了玫瑰树，又飞到大学生窗台下的玫瑰树上。

"请给我一朵红玫瑰，好吗？"夜莺对玫瑰树说，"我会给你唱一首最动听的歌的。"

玫瑰树摇摇头，拒绝了她。

"我的玫瑰花是红颜色的，"玫瑰树回答，"就像鸽子的脚一样红，比海底红珊瑚的颜色还要鲜艳，可是冬天我的脉管被冻住了，冰霜吞噬了我的花蕾，狂风将我的枝杈折断，一年内我都不会开花了。"

① "可我只要一朵，"夜莺大声说，"想想办法吧，给我一朵红玫瑰就可以了。"

"办法倒是有一个，"玫瑰树答道，"但是需要付出很大的代价，我劝你还是不要这么做了。"

"请告诉我吧，"夜莺说，"什么困难我都不怕！"

❶ 语言描写
夜莺心里很着急，所以才会大声地请求玫瑰树给她一朵红玫瑰！

❶语言描写

玫瑰花象征着美丽的爱情，可这美丽的爱情之花要用夜莺的鲜血来交换，夜莺会答应吗？

❷概括描写

这片花园是夜莺的家。在没有遇到大学生之前，她在这里无忧无虑地嬉戏歌唱，可是如今为了大学生的爱情，她即将牺牲自己，这是她最后一次回到自己的家了！表现了夜莺牺牲自己成全大学生的决心。

"你如果真想要一朵红玫瑰，"玫瑰树说，"就必须在月光下用音乐造就它，造玫瑰的原料就是你心脏里的鲜血。①我要把身上的一根刺刺进你的胸膛，刺进你的心脏。你要对我唱一整夜的歌，让你的血液流进我的脉管，变成我的血液。"

"为了一朵红玫瑰要以生命为代价，这个代价实在太大了。"夜莺说道，"生命对任何人来说都是最宝贵的。能够栖息在茂密的森林里，每天看着太阳神驾着黄金马车从头上经过，每天看到月亮神赶着她的珍珠战车从头上升起，这都是令人留恋的事。山楂总是散发着迷人的芳香，在山谷中不起眼的地方生长的蓝风铃，在小山坡上盛开的石楠，都是那样令人心旷神怡。但是爱比生命更重要，而且鸟儿的心和人的心比起来，又算得了什么呢？"

②想到这里，她展开美丽的翅膀飞到空中，轻快地飞过一片小树林，又灵巧地飞过花园。

年轻的大学生还在草地上趴着，跟夜莺

注释

石楠：叶表绿色，幼叶红色，初夏开白色花。

离开时一样。他的眼睛里还噙着泪花。

"振作起来吧，"夜莺大声说，"你该感到高兴，因为你马上就能得到你想要的红玫瑰了！我将在月光下把它造出来给你，我要用我的鲜血把它染红，保准它是最美丽的红玫瑰！但是我需要你给我一个回报，那就是做一个拥有真爱的人。①因为，哲学虽然充满智慧，但爱的智慧更多；权力虽然充满力量，但爱的力量更多。爱的翅膀是火焰的颜色，爱的躯体也是火焰的颜色。爱的唇像蜜一样甜，爱的呼吸像母乳一样香。"

❶拟人、比喻……
采用拟人和比喻的修辞手法，借夜莺之口表达了作者对爱情的无限赞美与向往。

大学生抬起头来，倾听着夜莺的啼叫，可是夜莺的话他却听不懂，因为他只懂得书本上写的东西。

旁边的橡树能听懂夜莺的话，因为他非常爱这只善良的夜莺，所以他才允许夜莺将巢筑在自己身上。

"亲爱的夜莺，请再给我唱一支歌吧。"橡树心情沉重地说道，"如果你走了，我会很孤独的。"

于是夜莺就展开歌喉尽情地唱着，唱着她最拿手的歌。这支歌是世间最动听的歌，让周围的一切都陶醉其中。

读书笔记

她唱完后，大学生从草地上站了起来，从口袋中掏出笔记本和笔。

"她有形体，"他一边向自己的住处走，一边自言自语道，"看起来她是有感情的，但这恐怕说不过去。①事实上，她跟所有的艺术家脾气都一样，心里只有自己的音乐，故作气派，没有丝毫的真情实意。她不会为别人牺牲自己，因为音乐家都是自私的。不过必须承认，她的歌声是非常美妙的，只可惜这歌声没有一点意义，也没有一点实际用处。"他走进自己的房间，仰面躺在一张简陋的小床上，闭上眼睛思念他的爱人。不一会儿，他就睡着了。

当月亮升起来的时候，夜莺如约飞到玫瑰树上，②她把胸脯对准一根尖锐的刺，让刺扎进自己的心脏，然后开始对着玫瑰树唱歌。她唱了整整一夜，她每次呼吸的时候，刺就会往身体里推进一点。她的血在不住地流淌。

最开始的时候，她歌唱的是一对青年男女心中互相有了爱慕之情。这时，玫瑰树的顶端突然出现了一个花骨朵。夜莺继续放声唱着，随着她美妙的歌声，那花骨朵的花瓣

❶ 语言描写

大学生对夜莺充满了偏见，为后面他毫不珍惜玫瑰花的行为做了铺垫。

❷ 动作描写

夜莺开始牺牲自己换取红玫瑰，在这个痛苦的过程中，她会想些什么呢？

开始绽放。起初，花瓣的颜色是白的，就像晨雾那样朦胧，又像黎明女神的翅膀一样泛着银色的光芒。

玫瑰树这时提醒夜莺，要她把胸脯再顶紧一些。"小夜莺，再努力一点，"玫瑰树急切地说着，"否则玫瑰花开完，太阳就升起来了，我们就白忙了。"

于是夜莺忍着痛，把胸脯顶得更紧了。与此同时，她的歌声没有减弱，反而越来越响亮。因为现在，她在为一对青年男女之间爱情的诞生而歌唱。

玫瑰花瓣上已经出现了红晕，就像美丽的姑娘因害羞而泛红的脸庞。①但是刺还没有扎进夜莺的心脏中间，所以玫瑰花的花心仍是白的，只有夜莺心脏中心的血才能把它染成红色。

玫瑰树又提醒夜莺再顶得更紧一些，"小夜莺，再努力一点，"玫瑰树急切地说着，"否则玫瑰花开完，太阳就升起来了，我们就白忙了！"

于是夜莺忍着痛，把胸脯顶得更紧了，刺完全扎进了她的心脏的最深处，她感到疼痛难忍，但她的歌声一点没有减弱，现在她

📖 读书笔记

❶象征
　　象征着只有付出自己的心血，才能收获真正的爱情。

唱的是死神也带不走的爱。

①那朵孤独的玫瑰花已经变成绯红色，就像东方的朝霞，更像一颗红宝石。

可是夜莺的歌声渐渐低了下来。她轻轻地扑扇着翅膀，眼前的玫瑰花也模糊了起来。她的歌声越来越低，她感到自己已经没有力气再唱出声来。

她用最后的力气把歌唱完。她的歌声让月亮忘记了黎明已经到来，依然挂在天上久久不肯离去。鲜红的玫瑰终于怒放，她为自己的诞生而高兴地颤抖着，迎着早晨的清风散发出迷人的芳香。回音将歌声带回她暗紫色的巢穴，唤醒了还在睡梦中的牧羊人。歌声穿过层层的芦苇丛，芦苇把这个好消息带到了大海边。

"小夜莺，你快看，"玫瑰树激动地喊道，"你的努力没有白费，红玫瑰已经开了。"可是无论玫瑰树怎么喊也得不到夜莺的回应。因为她已经死了，这时她正躺在青青的草地上，胸口上还扎着那根刺。

中午的时候，大学生推开了窗户，向窗外张望。

"噢，我的运气真不差！"他嚷道，

❶ 比喻
　　玫瑰花美艳绝伦，因为这是夜莺用生命换来的，它代表着最纯洁、最美丽的爱情。

"这里有一朵红玫瑰。它太漂亮了！我长这么大还从来没见过这么鲜艳的红玫瑰！我敢打赌，它一定有一个很长的拉丁文名字。"他探出身去，把窗台下的红玫瑰摘了下来。

①然后他戴上帽子，手中拿着那枝新鲜的红玫瑰，向教授家走去。

教授的女儿正坐在门口，手里拿着线轴正在缠蓝丝线，一只小狗在她旁边趴着，不住地摇着尾巴。

大学生走到她旁边说："你答应过我，只要我送你一朵红玫瑰，你就会在舞会上跟我跳舞。你看这朵玫瑰，多么鲜艳，我敢说再没有比这朵更美丽的玫瑰了。今天的舞会上，我们在跳舞的时候，你把它别在心口，它会证明我有多么爱你。"

姑娘听了他的话皱起了眉头。

"恐怕要让你失望了，因为这朵玫瑰的颜色和我的裙子不搭，"她回答，"还有，宫廷内侍的侄子送给我一些名贵的珠宝。在这些珠宝面前，这朵红玫瑰算不了什么。"

"这么快你就反悔了？你可真是一个忘恩负义的人！"大学生非常气愤，②他扬手把红玫瑰丢到大街上，落在一条流着污水的浅

❶ 动作描写

大学生摘下玫瑰之后立刻去见自己的心上人，以为她会兑现诺言与他跳一整夜的舞，但接下来的情节却将发生令人意外的转折。

❷ 动作描写

这是多么荒唐的一幕！在与浅薄的女子和大学生的对比中，更加凸显了夜莺高尚的灵魂。

水沟里,一辆马车的轮子从上面压了过去。

"忘恩负义?"姑娘说,"哼,你凭什么这么说我?你又是我什么人?你不过是个大学生而已!你看看宫廷内侍的侄子穿的鞋子,上面缀着银带扣,而你却是那么寒酸!"说完,她转身头也不回地回到屋子里去了。

"爱情真是个愚蠢的举动,"大学生一边走,一边自言自语道,"它连逻辑学一半的用途都没有,因为它不能证明任何事,它总会让人相信不会发生的事,让人相信不真实的东西。这是不切实际的东西,在这个年代,实际的东西才是一切,我还是回到哲学里,研究形而上学的内容吧。"

① 他又钻进自己的小房间里,从书架上翻出一本落满灰尘的厚书读了起来。

❶ 动作描写

这位大学生实在是迂腐,因为自己被心上人拒绝就质疑爱情,最终只能到书本中去寻求解脱。与夜莺相比,他根本不懂爱情的真谛。

注释

逻辑学:关于思维形式及其规律的科学。主要研究推理与证明的规律规则,为人们正确地思维和有效交际提供逻辑工具。

精华赏析

本文描写了夜莺在听到大学生的爱情故事之后,为了能让大学生有一朵美丽的红玫瑰,毅然决定用自己的心血培育一朵最美丽的红玫瑰的故事。然而,在大学生遭到心上人的拒绝后,这朵夜莺用生命换来的红玫瑰却被他轻易丢弃了。

延伸思考

1. 大学生为什么想要一朵玫瑰花?
2. 玫瑰花是夜莺用什么换来的?
3. 那位姑娘为什么不喜欢玫瑰花了?

相关评价

在本文中,作者通过拟人和象征手法,让作品具有了深刻的社会批判意义。通过蜥蜴、蝴蝶和雏菊等对爱情的不解和麻木衬托出夜莺对爱的执着,表达了作者对代表心灵美的夜莺的由衷赞美。

自私的巨人

名师导读

巨人十分自私，把孩子们从花园里赶了出去，从此他的花园里再也没有欢声笑语和美丽的景色。在上帝的指引下，他由自私变得慷慨，最终升入天堂。

有一群孩子，他们最大的乐趣就是在每天放学后，能到巨人的花园里去玩耍。

那是一个非常大的花园，①里面长着郁郁葱葱的青草。青草间长着许许多多不同品种的花朵。它们亭亭玉立，丰富了花园的颜色。在花园里还生长着十二棵桃树，春天的时候，它们会开出娇美的粉红色和珍珠白色的花朵，秋天树上就会挂满累累的果实。很多鸟儿都喜欢飞到树上栖息，它们停留在树

❶环境描写
说明这是一个美丽的、充满生机的花园，也与后面萧瑟的花园形成了对比。

上，尽情地唱着最动听的歌，孩子们就在树下游戏，听鸟儿歌唱。"我们如果一直能在这里玩耍，该有多好啊！"他们叫嚷着。

可是有一天，巨人回来了。他离开的这段时间是去探望远方的一个怪物朋友，那个朋友住在康沃尔郡。巨人这次在朋友那儿一住就是七年，他在这七年里把该说的话都跟朋友说完了，他的口头表达能力有限，所以说话非常费时，他离开了朋友回到自己的城堡。一回到家，就看到一群孩子在自己的花园里肆无忌惮地玩耍。

他非常生气，①于是冲着孩子们大喊："谁允许你们进来的？都快点滚开！"孩子们吓得赶快逃跑了。

"这是我一个人的花园，谁也不许进来！"巨人说，"真是太让人生气了，以后谁再进来我会不客气的！"为了避免外人进来，他专门在花园的四周建了一道围墙，然后在醒目的位置写上告示：

闲人免进

读书笔记

①语言描写
巨人气急败坏地发泄着他的不满，他不愿意与别人分享花园里的美景，表现了巨人的自私。

注释

康沃尔郡：英国的一个郡，位于英国南部。

后果自负

从这件事可以看出，他是一个非常自私的巨人。

巨人一回来，孩子们就没有地方玩耍了。他们只好在大路上玩耍，可是路上扬起的灰尘实在太大了，而且路上到处是坚硬的石子，一不小心就会受伤。放学之后，他们还会到花园外溜达，但是有一堵高墙挡着，他们进不去。他们就在外边谈论着，"我们从前在里面是多么快乐呀！"他们谈到曾经在花园里快乐的日子，心里总是充满了向往。

春天到了，乡间的草地上开满了野花儿，小鸟儿在自由地飞翔，快乐地歌唱。只有巨人的花园里毫无生机，仿佛仍是冬天的模样。①因为里面没有天真的孩子，所以鸟儿不喜欢光临，花儿也忘记了开放。有一朵美丽的花儿感受到了春天的召唤，从草地里悄悄地露出了头。当它看到告示上所写的警示后，为孩子们感到难过，于是又缩回身子，继续睡起觉来。唯一感到庆幸的就是雪和霜，"春天把这里遗忘了，这可真是太好了！"她们高兴地喊道，"这样我们就不用惧

❶ 拟人

运用拟人的修辞手法，突出了雪、霜、北风的特点，语言生动有趣，也使花园中的冰天雪地与外面的春光明媚形成了对比。

怕暖风，可以一年到头霸占这里了。"雪用她巨大的白色斗篷把青草遮盖得严严实实，霜用画笔把树木都涂成了银色。然后她们又向北风发出邀请，北风如约而至。北风穿着一身裘皮，在花园里肆意地咆哮着，把巨人的烟囱管帽都吹掉了。

"这真是一个令人怀念的好地方，"北风说，"我应该把我的好朋友冰雹叫来做客。"冰雹接到邀请就赶了过来。①他每天都会在巨人的城堡上跳来跳去，直到把城堡顶上的石板瓦都踩碎了一大半。然后他又在花园里疯跑着，这么一来，地上更没有任何生气了。

❶拟人
冰雹把花园一点点地毁坏，他肆无忌惮地破坏着这里。

"真是奇怪，为什么今年的春天来得这么迟，"自私的巨人看着荒凉的花园不禁感到奇怪，"希望天气能尽快好起来。"

但是他始终没有等到春天的到来，一直到了秋天，花园外的林子里都结满了金黄色的果实，而巨人的花园仍是一派荒凉的景象。②"他太自私了。"秋天说。就这样，巨人建好那堵围墙后，花园里总是冬天的模样，只有肆虐的北风和疯狂的冰雹，还有冰冷的霜和雪，除此之外，什么也没有。

❷语言描写
秋天直接道出了巨人的缺点。

一天早晨，巨人正躺在床上睡觉，一

阵动人的歌声把他从梦中唤醒了。这歌声是那么悦耳动听，他以为是国王的乐队从他门口经过。其实，那只不过是一只小小的朱顶雀站在窗外唱歌。但是由于巨人整整一年都没听到过鸟儿的叫声，所以在他听来，这仿佛是从天堂传来的美妙的声音。这时，他看到头顶上的冰雹停住了脚步，北风停止了吼叫。他急忙推开窗户，顿时一股久违的花香扑鼻而来。"春天终于来了！"他高兴地叫着，欣赏着窗外的景色。

可是他又有了新的发现，他看到了什么呢？

他看到了一个美妙的景象，被他赶走的孩子们从高墙下的一个小洞里爬了进来，他们爬到树枝上，树木也很欢迎这些孩子们，它们长出最美的花儿来欢迎他们。① 暖风吹过，树木扬起手臂舞动着，鸟儿们也跟着孩子们回来了。它们在花园里飞翔，叽叽喳喳歌颂着这里的美好。花儿们也从草地上钻出来，它们高高地抬起头来，微笑地看着孩子们嬉闹。这是一幅动人的画面。但是花园的一个角落里还是冬天的模样，那里站着一个年龄最小的孩子，因为他太矮了，翘起脚尖

① 场景描写
天寒地冻的花园因为孩子们的归来，又重新变得鸟语花香了。

也够不到树枝,他围着那棵树转啊转,却怎么也上不去,于是伤心地哭了起来。而那棵树也比他好不到哪儿去,它的身上仍被冰雪覆盖,北风蜷缩在这个角落肆意地吹着。"快上来呀,孩子!"树不断地鼓励他,还把枝条尽量地弯下来,可是那孩子还是够不着。

巨人看着这动人的一幕,他的心被融化了。①"我真是太自私了,"他说,"我终于明白春天为什么迟迟不肯到我的花园里来。那个小男孩太可怜了,我要帮帮他。这个围墙看起来太碍事了,我不需要这堵墙了。这个花园要对孩子们开放,让它成为游乐场!"对自己从前的行为,他开始感到后悔。

❶ 语言描写
巨人在目睹了花园的变化之后,终于大彻大悟,决定弥补自己的过失。

于是他快步走下楼,轻轻地推开房门。可是孩子们一看到他就吓得跑掉了,花园里又变成了冬天的模样。但那个最小的孩子没有跑掉,他眼里噙着泪正在伤心,没有注意到巨人已经走到他的身边。②巨人悄悄走到他的身后,用一只手轻轻地把他托起来,放到树枝上。那棵树很快就绽放出鲜花,紧跟着鸟儿飞来了,落在枝头上放声歌唱。小男孩的脸上漾起笑容,他伸出手臂抱住巨人的脖子,在他的脸上吻了一下。别的孩子看到巨

❷ 动作描写
巨人此时对孩子的温柔与之前对孩子的凶恶形成鲜明的对比。

人不像从前那样凶恶,就又都跑回来了,他们又爬到了树上,春天也跟着回来了。"孩子们,现在这个花园是你们的了。"巨人说完,回到城堡拿出一把巨斧,把围墙砍倒了。中午时分,大人们去往市场,路过花园时,惊喜地发现自己的孩子正在和巨人高兴地玩耍,他们还从未见过这么美丽的花园。

①他们尽情地玩了一天,直到天色渐渐暗了下来。孩子们围在巨人身边,跟他道别。

"你们最小的那个伙伴呢?"巨人问,"就是我放到树上的那个孩子?"巨人很喜欢那个小男孩,因为他吻过自己。

"我们也不清楚,"孩子们异口同声地回答,"也许他已经离开了吧。"

"请你们转告他,明天一定让他还到这里来玩。"巨人说。但是孩子们却说,他们根本不知道那个孩子的家,以前也从未见到过这个孩子。巨人听了感到很伤心。

以后每天下午放学后,孩子们总要到花园里来集合,他们在花园里高兴地玩耍,但是他们再也没有见到过那个年龄最小的小男孩。巨人很想念那个孩子,尽管他对其他孩子也充满了慈爱,可是他总是会向孩子们

❶ 概括描写
孩子们终于可以继续在花园里愉快地玩耍了,他们开始喜欢上这个巨人。

读书笔记

说:"我多想再见到那个孩子啊。"

①时间一天天过去了,巨人慢慢变老了。他的身体一天天虚弱,已经没有力气和孩子们一起玩耍了。他就每天坐在花园的椅子上,一边看着孩子们在不远处做游戏,一边欣赏着自己美丽的花园。"我这些花儿真美啊,"他喃喃道,"但是最美的,还是这群孩子。"

冬天到了。一个早晨,巨人一边穿衣服一边望着窗外。他现在已经不再讨厌冬天,因为他知道,冬天是万物睡眠的季节,只有休息好了,来年才有更旺盛的生命力。

突然,他发现一个奇怪的影像,他不相信自己的眼睛,揉了揉,然后仔细地看着。没错!②花园最偏僻的角落里那棵树上,开满了可爱的白色花儿。树枝是金黄色的,上面挂着很多白色的果子。而树下站着的,正是他想念的那个小男孩!

巨人兴奋地跑下楼去,走出门口,来到花园里。他急匆匆走过冰雪覆盖的草地,向那孩子走去。等他来到孩子的跟前时,他怔住了。他因为生气脸变得通红,问那孩子:"谁这么大胆,敢伤害你?"因为他看到那孩

❶概括描写
在与孩子们愉快的相处中,巨人到了晚年。

❷环境描写
期盼多年的那个小男孩终于再次出现在了巨人的视线中。

子的两个手掌上有被钉子钉过的痕迹。

"告诉我，谁敢欺负你，我一定不会饶恕他！"巨人嚷道，"只要你一句话，我就拿起我的剑杀了他。"

"不！"孩子回答说，"这些是爱的伤痕啊。"

"请问你究竟是谁？"巨人说着，①同时感到一种奇异的敬畏感在心里升腾起来，他跌倒在孩子的面前。

孩子脸上带着微笑，对巨人说："曾经你允许我在你的花园里玩，现在我要请你跟我一起去我的花园了，那是天国的乐园。"

②那天下午，孩子们放学后来到花园，发现巨人躺在树下一动不动。他死了，身上铺满了洁白的花朵。

❶ **动作描写**
小男孩用爱去解释一切，而这种大爱也感染了巨人。

❷ **场景描写**
描写巨人死后的场景，洁白的花朵象征着他的灵魂从此获得了彻底的自由和解脱。

精华赏析

本文描写了一个自私的巨人如何从自私转变为慷慨，把花园变成孩子们玩耍的游乐场，并最终升入天堂的故事。

延伸思考

1. 巨人刚开始为什么不喜欢孩子们在花园里玩耍?
2. 巨人为什么会变得慷慨起来?
3. 上帝把巨人带到哪里去了?

相关评价

这篇童话可以称得上是一部完美的作品,故事情节简单,结构也十分清晰,自私的巨人从开始的"反感儿童"到后面的"接受儿童",再到最后"被儿童救赎",终于从自私走向慷慨和博爱。

忠实的朋友

名师导读

老水鼠总是喜欢以友谊为话题高谈阔论,可是他并不知道真正的友谊是什么。这时候,朱顶雀给老水鼠讲了一个故事。故事的内容是什么呢,就让我们一起去看看吧!

一天早上,一个洞口里探出一只老水鼠的脑袋。①他长着一双圆圆的很有神的小眼睛,嘴的两边长着长长的胡须,尾巴就像一条黑色的印度橡胶。一群金黄色的小鸭子在池塘里游来游去,他们显得无忧无虑;他们的母亲长着一身洁白的羽毛,身体的下面是一双红色的腿。此时,她在教孩子们如何在水中头朝下倒立。

❶外貌描写
抓住眼睛、胡须、尾巴的特点,描绘了一个狡黠、精明的老水鼠形象。

"你们只有做到标准的倒立姿势,才有可能进得了上层社会。"她不断地重复教授着要领,还亲自示范给孩子们看。但是小鸭子们的注意力并没有集中在她身上。①他们还太年轻,根本不懂上层社会意味着什么。

"真是不听话的孩子!"老水鼠感叹道,"把他们全淹死才好。"

"别这样说,"母鸭反驳道,"每个人做事都要从开头做起,做父母的必须得有耐心。"

"啊,对于父母对孩子的感情我一点儿也不了解,"老水鼠说,"我是一个没有家室的男人。事实上,我没有结过婚,我也从来没有动过这个念头。从某种意义上讲,爱情确实不错,但友谊却更加高尚。说真的,我真不知道这个世界上还有什么比纯洁的友谊更高贵,更难得。"

在附近的一棵柳树上栖息着一只绿色的朱顶雀,他听到水鼠在高谈阔论,于是就问道:"请问水鼠先生,作为忠实的朋友来讲,应该履行什么义务呢?请发表一下你的见解吧。"

"是啊,这也是我想问的问题。"母鸭说

❶ 叙述说明
这句话有着很深的寓意,孩子们从小被教导要进入上层社会,要获得权力与财富,可是孩子们却不知道进入上层社会的危险和需要付出的代价。

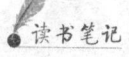

❶动作描写

母鸭对进入上层社会的动作掌握得十分熟练，也可以看出她对孩子们耐心细致的教导。

完就游开了，<u>①她游到孩子们身边，头往水里一扎，来了一个标准的倒立，她给孩子们做了一个标准的示范动作。</u>

"这个问题简直太愚蠢了！"老水鼠嚷道，"我当然希望忠实的朋友对我也一样忠实。"

"那你怎么回报你忠实的朋友呢？"小鸟儿一边说，一边拍打着翅膀，借着风力在纤细的树枝上荡秋千。

"我不明白你的意思。"老水鼠不解地说道。

"关于这个问题，我要给你讲个故事。"朱顶雀说。

❷语言描写

老水鼠虽然很喜欢谈论友谊，可是十分虚荣，总是希望别人谈论到他。

②"这个故事中有我吗？"老水鼠问，"如果与我们水鼠有关，那就太好了，因为我非常喜欢小说。"

"虽然没有你，但可以套用在你身上。"朱顶雀回答，然后他飞下来，站在池塘边上，讲起了忠实的朋友的故事。

"从前，有个叫小汉斯的诚实的年轻人。"

"他很有名吗？"老水鼠插话问道。

"不！"朱顶雀回答，"小汉斯一点儿

都没有名气，只是一个心肠好的人而已，他的脸圆圆的，总是和颜悦色。他孤身一人，住着一间不大的茅屋，他每天都会到花园里摆弄那些花花草草。在他居住的那一带，没有谁家的花园比他的花园更漂亮。他的花园里长着美洲石竹、紫罗兰、荠菜和法国松雪草。园子里有淡红色和黄色的玫瑰，有番红花，有金色、紫色和白色的紫罗兰。①耧斗菜和碎米荠，墨角兰和野罗勒，黄花九轮草和鸢尾花，水仙和麝香石竹，这些花按不同季节争相开放，一种花刚谢，另一种花就跟着绽放了。所以他的花园里永远不缺少花香。

"小汉斯喜欢交朋友，他的朋友很多，不过这些朋友里最忠实的要数磨坊主。磨坊主在这一带算是生活富有的，他对小汉斯也算得上忠实，每当他从小汉斯的花园前经过的时候，总是把上身探过矮墙，顺手摘走一大束花，或者薅走一把香草。在果子成熟的时候，他也会顺便摘走梅子或者樱桃，把身上的口袋装得满满的。

②'真正的朋友就得把好东西拿来分享。'磨坊主笑眯眯地对小汉斯说，小汉斯点点头同意他的看法，他为能有这样一位思想高贵

❶景物描写
极写花园花儿之多，同时从侧面表现小汉斯是一个勤劳的人，将花园打理得很好。

❷语言描写
这句话本来并没有错，可它成了自私的磨坊主用来欺骗小汉斯的借口，表现了磨坊主的虚伪。

的朋友而感到骄傲。

"对于磨坊主的种种表现，邻居们感到很奇怪：磨坊主家里并不缺钱，他的磨坊里存着一百袋面粉，房子后的牲口圈里还养着六头奶牛和一大群绵羊，可是富裕的磨坊主却从来没回赠过小汉斯一丁点儿的东西。小汉斯也从来没有计较过这些，而且磨坊主总能给小汉斯讲一些动听的故事，来说明真正的友谊是无私的。小汉斯从磨坊主动听的语言里获得了很多欢乐。

"所以小汉斯一年到头都在花园里劳作，从春天忙到秋天，他很快乐；但是冬天到来后，他就没有果子或者花儿到市场上出售了，①他的茅草屋不遮风，他也没有钱换到足够的食物，他又冷又饿，常常吃了上顿没下顿，他只好早早地到床上去睡觉，这样可以少消耗一些精力。冬天他是孤单的，因为他的好朋友磨坊主一直没有找过他。

"'在冬天去看望小汉斯并不是个好主意，因为捞不到任何好处。'磨坊主对妻子说，②'一个人遇到麻烦的时候，最好独自待着，不要有访客去打扰他。这是我对真诚的友谊的看法，我相信这是对的。所以等到春

❶ 对比、反衬
小汉斯在这最艰难的时候，也没有去打扰他的朋友，而是自己默默承受，与磨坊主有事没事都要从小汉斯那里顺走一点东西形成鲜明的对比，进一步反衬了磨坊主的自私和虚伪。

❷ 语言描写
对于为什么不帮助在困难中艰难度日的小汉斯，磨坊主给出了自己的答案，不过这只是他对自己的自私的辩解和粉饰。

天，我就会立刻去看他，他就会送我一篮子报春花，那样他会很快乐。'

"'你确实是在为他着想。'他的妻子回答道。她坐在一个柔软的躺椅上，围在松木柴火旁烤火，'你想得很周到。听你谈论友谊是一件很享受的事情。我敢保证，就连尊敬的牧师在场，也不会说出这么动听的语言，尽管他住在三层高的小楼里，小指上还戴着金戒指。'

"'我们为什么不能让小汉斯来我们家？'磨坊主的小儿子问，'可怜的小汉斯现在过得这么凄惨，我可以把我的粥分给他一半，我相信他也会喜欢我的小白兔。'

"'真是个笨孩子！'磨坊主生气地嚷道，'花钱供你上学真是白费力气，看起来你并没有学到该学的东西。听我说，孩子，如果小汉斯来到我们家，①看到我们家点着温暖的火炉，吃着丰盛的晚餐，喝着美味的红酒，他就会产生嫉妒心理。孩子啊，嫉妒是一种可怕的心理，我可不愿纯朴的小汉斯受到嫉妒的损害，他是我最好的朋友，我有责任守护他，避免他受到诱惑而误入歧途啊。还有，如果小汉斯来了，他提出要赊一些面

❶对比
磨坊主冬天生活的富裕和美好与小汉斯生活的贫困形成了对比，突出了他的虚伪。

粉该怎么办？这种事我是做不到的，友情归友情，生意是生意，不能混为一谈。听着，这两种东西的写法完全不同，所以就是两种完全不同的东西，这一点有头脑的人都能想明白。'

①"'你说得太好了！'磨坊主的妻子插嘴道，她拿起一个玻璃壶，给自己倒了一杯麦芽酒，'我现在觉得很困，就像在教堂里听布道那样。'

"'有许多人虽然事情做得不赖，'磨坊主继续说，'但只有极少的人把话说得很好，这说明，在做和说这两件事中，说是很难的，说好了就是优雅。'他目光严厉，盯着桌子对面坐着的儿子。②那孩子羞愧地低着头，脸涨得通红，眼里噙着泪，最终泪珠滚了出来，落到茶杯里。他还小，所以你们得谅解这个孩子。"

"故事就这样结束了吗？"老水鼠问。

"没有，"朱顶雀回答，"这才刚刚开始。"

"看来你落伍了，"老水鼠说，"现在讲故事的高手，都是从结尾讲起，然后讲开场，最后讲中间的情节，这是讲故事的新方

❶ 语言描写

对于磨坊主虚伪的辩白，妻子却十分喜欢，甚至感动。说明磨坊主的妻子和她的丈夫一样自私、虚伪。

❷ 神态描写

在磨坊主一家中，只有这个孩子为小汉斯感到不公，而他却被自己的父亲毫不留情地羞辱。

法，这是我从一个评论家那儿听到的。当时他和一个年轻人在池塘边散步，谈到了这个理论，他对年轻人讲了一大套道理，所以我认为这是正确的做法。况且他的头顶已经秃了，还戴着一副很绅士的眼镜，看起来很有知识的样子，且只要那个年轻人一发表意见，他就会用'呸'打断年轻人。不过，还是继续讲你的故事吧。我很喜欢那个聪明的磨坊主，在一些人生道理上，我和他有相同的看法。"

"好。"朱顶雀说着，他一会儿用这条腿跳一下，一会儿又用另一条腿跳一下，继续着他的讲述。

"难熬的冬天总算过去了，报春花在第一时间带来春的消息，磨坊主对妻子说，他要去看看久违的老朋友了。

① "'看，你的心肠总是这么好！'他的妻子笑着说道，'你总是为朋友着想，去时别忘了带上篮子，捎点鲜花回来。'

"磨坊主把风车的翼板固定好后，就挎着

❶ 语言描写⋯⋯⋯
通过磨坊主妻子的赞美和叮嘱，进一步刻画了磨坊主夫妇自私、虚伪的嘴脸。

注释
风车：以风做动力的机械装置，可以带动其他机器，用来发电、提水、磨面、榨油等。

一个大篮子下山了。

"'早安,我的朋友。'磨坊主亲切地说。

"'早安,朋友。'小汉斯正在花园干活,看到磨坊主来了,高兴地打招呼。

"'看起来你整个冬天过得不错。'磨坊主说。

"'还好,'小汉斯回答,'承蒙你的关心,你真是个热心的朋友。但事实上整个冬天我过得很糟糕,不过现在春天已经来了,你看,我的花儿也都开了。'

① "'你知道吗,整个冬天我们一家都在想念你,我的朋友,'磨坊主说,'我真为你的生活担心。'

"'你们真是太好了,'小汉斯说,'说实话,我以为你们会把我忘了呢。'

"'我的朋友,你说这种话让我感到吃惊,'磨坊主说,'我们之间的友谊怎么会让我忘记你?互相关心正是友谊奥妙所在,恐怕你还不理解真正的友谊呢。看啊,你的报春花真是太漂亮了!'

"'是很漂亮,'小汉斯说,'这么美的报春花一定能卖个好价钱,我打算把这些花卖给市长的女儿,然后把我的手推车赎

① 语言描写
磨坊主虚情假意的嘴脸跃然纸上。

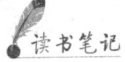
读书笔记

回来。'

"'赎回你的手推车？你该不会把你的工具卖掉了吧？这是一个非常不明智的做法！'

"'可是这是没有办法的事，'小汉斯说，'我只能选择这条路。冬天我的花园里光秃秃的，我没有收入去买食物，我实在饿得受不了了。① 所以我先是把我最好的一件外套上的银纽扣卖了，然后又卖掉了银链子，接着又卖了我心爱的大笛子，最后迫不得已才把手推车卖了。但是现在，花儿都开了，我打算把它们都赎回来。'

"'小汉斯，'磨坊主说，'不用那么麻烦了，我可以把我的手推车送给你。不过，我很久没有保养过它，它的一边已经坏了，车轮上的辐条也少了几根，不过，我还是打算把它送给你。你知道吗，这是一个很慷慨的举动，因为很多人都会劝我不要把自己的东西送人，这是很愚蠢的做法。但是我和你之间有深厚的友谊，我觉得这种慷慨更能说明我们友谊的珍贵，况且，② 我已经有一部新的手推车，旧车对我来说没有任何用处，所以我要把它送给你。'

"'你真是一个慷慨的朋友！'小汉斯

❶ 语言描写
小汉斯的语言中充满了无奈，再结合之前对冬天里他的处境的描写，就可以知道小汉斯是怎么度过冬天的。

❷ 语言描写
前面通过各种描写，已经把磨坊主的贪婪和虚伪表现得很清楚了，这时候他却突然变得慷慨起来，到底是为什么呢？

说,他圆圆的脸上因为受到友谊的滋润而变得有了光彩,'相信我,我能把它修好,我的屋里正好有一块厚木板。'

"'一块厚木板!'磨坊主惊呼道,'朋友,我的谷仓顶坏了,我现在正需要一块厚木板去修缮房顶呢。如果不及时修好,雨水就会流进谷仓,我的谷子就会发霉。幸好你提到了厚木板,我一直相信好心会有好报,这不就灵验了吗?① 这样,我把手推车送给你,你把厚木板回赠给我。当然我也知道,手推车要比厚木板值钱得多,但是在友谊面前,钱又算得了什么呢?请你把木板拿来吧,我回去就修我的谷仓顶。'

"'一定要修好。'小汉斯小跑着回到茅屋,把厚木板拖了出来。

"'这块木板不是很大,'磨坊主看看说,'看样子我把屋顶修好后,这块木板也不会剩下多少,这样你就没法再用它修手推车了。可是,这不影响我们的友谊,既然我把手推车送给你了,我相信你也会送我一些鲜花作为回报的。我带来一个篮子,我相信你一定会把它装满的。'

"'装满一篮子?'对磨坊主提出的要

---

❶ 语言描写

磨坊主之所以答应送给小汉斯手推车,是想从小汉斯这里得到更多的东西,进一步表现了磨坊主的自私和贪婪。

📝 读书笔记

求，小汉斯显得有些犹豫，因为如果要装满一篮子报春花，他就所剩无几了，他还想着把花卖了赎回自己的银纽扣呢。

"磨坊主看到小汉斯犹豫的表情，就说：'说实话，你看我已经把我的手推车送给你了，我只要一点花并不过分。可能我想错了，我一直认为我们之间有牢固的友谊，是一篮子报春花换不来的。'

"'亲爱的朋友，'小汉斯急忙说，'我花园里的花是我的，也是你的。至于我的银纽扣，等下一次花长出来的时候我再去换。'说完，他就把花园里所有的报春花都摘下来，装了满满当当一篮子。

"'再见了，我的朋友。'磨坊主说。①他把木板扛在肩上，挎着装满报春花的篮子离开了小汉斯的花园。

"'再见。'小汉斯愉快地挥手告别，然后快活地干起活儿来，对于磨坊主提出换手推车的主意，他感到很满意。

"第二天，小汉斯在门廊上钉着忍冬藤

读书笔记

❶动作描写
磨坊主打着友谊的旗号，再一次在什么都没有付出的情况下，从小汉斯处满载而归。

注释

忍冬：又名金银花，多年生半常绿缠绕灌木，可入药。茎中空，幼枝密生短柔毛；叶对生，密被短柔毛，呈卵圆形或长卵形。

条,听到墙外传来熟悉的叫声,没错,是磨坊主来了。小汉斯急忙从梯子上下来,跑到花园里,隔着矮墙往外看。

"磨坊主驮着一大袋面粉站在墙外。

"'亲爱的朋友,'磨坊主说,'帮我一个忙,把这袋面粉扛到市场上卖掉。'

"'非常抱歉,我的朋友,'小汉斯说,'今天我实在太忙了,我要把忍冬藤条钉好,还要给花园浇水,花园里的草也该锄了。'

"'真让人失望,'磨坊主说,① '我把一辆手推车送给你了,你却因为一件小事拒绝我,这有点说不过去了。'

"'话不要这么说,'小汉斯急忙说道,'就算天塌下来,我也会全力帮助你的。'他跑进茅屋,戴了一顶草帽,然后把面粉扛在肩膀上,迈着沉重的步子往市场走去。

② "那时,天已经热了,路上扬起呛人的灰尘。小汉斯走了一小段路就累得走不动了,他把面粉放下,坐在路边休息。就这样,走走停停,好不容易才走到市场。他在市场上选了一个地方,把面粉卖了个好价钱,然后立刻往回赶,因为他怕回去得太晚,会遇到打劫的强盗。

---

❶ 语言描写

自从说送小汉斯一辆没什么用的旧手推车后,磨坊主就经常拿这件事对小汉斯进行"道德绑架"。他知道小汉斯对于友情的重视程度,所以才这样刺激他。

❷ 场景描写

尽管路上十分辛苦,可是小汉斯为了友谊,仍然义无反顾地坚持到市场卖面粉。

"'今天真的很累,'小汉斯躺在床上自言自语,'但是我很高兴能为朋友做一件有意义的事,作为好朋友我应该这样,再说,他还送了我一辆手推车呢。'

"第二天一大早,磨坊主就来到小汉斯家取卖面粉的钱,小汉斯太累了,还没有起床。

"'我认为,'磨坊主说,'你这么做太懒了,你想想看,我很快就要把手推车送给你了,你应该加倍劳动才是。懒惰是一个非常不好的毛病,我可不愿结交一个懒惰的朋友。①原谅我说话太直接了,但是,正因为我是你最好的朋友,所以我才会劝诫你。如果我不是你的朋友,我才懒得说这些富有哲理的话。如果我不能做到直言不讳,那我们之间也就成了虚假的友谊。'

"'非常抱歉,'小汉斯揉揉眼睛,'我实在太累了,想再休息一会儿,听听窗外鸟儿的歌声。你也许不知道,我只要听到鸟儿的鸣叫,就浑身充满了力量。'

"'能听你这么说我很高兴,'磨坊主热情地拍着小汉斯的后背,'朋友,我需要你的帮助,我希望你能现在穿好衣服跟我去一趟

读书笔记

❶语言描写
　　小汉斯不顾辛苦地为磨坊主去卖面粉,因为太累想要睡个懒觉,磨坊主非但没有丝毫感激和体谅,反而劈头盖脸地指责了小汉斯一顿,可见磨坊主的自私和无情。

我的磨坊，我的谷仓等着你去修理。'

①"小汉斯现在还有一大堆活儿要干，他的花园已经两天没浇水了，地上的杂草长出了很多。但他又不想拒绝磨坊主，因为他认为磨坊主是他最好的朋友，他不能拒绝。

"'如果说我手头有一大堆事要做，你会认为这是不讲友谊的理由吗？'他怯怯地询问道。

"'毫无疑问，'磨坊主说，'我并不认为我的要求过分，想想看，我还要送你一辆手推车呢，你难道就不想报答我吗？如果你拒绝，我可以自己去干。'

"'请不要这样。'小汉斯急忙起身，穿好了衣服，跟着磨坊主去了谷仓。

"他在谷仓整整干了一天，直到太阳西沉，磨坊主才过来，他要检查工作进度如何。

②"'如果我猜得没错，你一定把谷仓顶修好了！'磨坊主兴奋地大喊道。

"'已经按你的要求修好了。'小汉斯说着，从梯子上下来。

"'啊！'磨坊主快活地说，'能给别人帮忙是最快乐的一件事。'

"'听你这么说我感到荣幸，'小汉斯坐

❶叙述
小汉斯对于磨坊主一而再，再而三的要求也很犹豫，因为给磨坊主帮忙，小汉斯几乎荒废了自己的工作，但小汉斯仍不忍拒绝磨坊主，进一步表现了他的善良。

❷语言描写
磨坊主只关心自己的谷仓顶，丝毫不理会辛苦的小汉斯，表现了他的自私和无情。

在地上，擦着头上的汗水，'能为你工作，我感到非常高兴。很可惜，我没有你这么睿智的想法。'

① "'你会有的，'磨坊主说，'但你还得继续努力，要对友谊的真谛进行实践。总有一天，你会和我懂得一样多。'

"'你真的认为我能像你一样获得这么多友谊的理论吗？'小汉斯问。

"'我深信不疑，'磨坊主说，'今天你太累了，你现在回家休息一晚，我明天还需要你帮我把绵羊赶到山上吃草呢。'

"可怜的小汉斯一句话也没有说就离开了。第二天一大早，磨坊主就赶着羊群来到茅屋外，小汉斯赶着羊群上山了。放牧又用了他整整一天时间，回到家，他整个人几乎要瘫倒了，他坐在椅子上就睡着了，一直睡到第二天太阳升起老高才起来。

"'今天我可以在自己的花园里开心地工作了。'他高兴地说，然后开始在花园里干活。

② "可是他始终不明白，他总是挤不出时间来照料他的花园，因为磨坊主每天都会

❶ 语言描写
磨坊主一再地在小汉斯面前宣扬"不停地为朋友付出就是友谊的真谛"，而他却从来不肯为小汉斯付出什么，可见磨坊主的自私和虚伪。

❷ 叙述
写出了小汉斯总是在磨坊主的要求下，为他做很多事情。

注释
睿智：英明，有远见。

❶心理描写

　　这是小汉斯安慰自己的理由，也是磨坊主开给他的"口头支票"，表现了小汉斯的单纯、天真与善良。

❷环境描写

　　通过对这天晚上恶劣环境的描写，来烘托下面的故事情节。

　　来给他安排一些事做，而且一做就是一天。小汉斯感到非常苦恼，因为他害怕自己的花儿因此而凋零。但他总是能找到一个理由安慰自己：①磨坊主是我最好的朋友，我牺牲点时间没关系。此外，他还心存感激，因为他就要把手推车送来了，这是多么慷慨的举动！

　　"就这样，磨坊主无休止地让小汉斯为他干活儿，他总能说出一堆美妙的语言让小汉斯心服口服。这些美妙的语言让小汉斯感受到友谊的珍贵，他甚至带了本子和笔，把磨坊主说过的话记下来，回到家温习，他是一个很好学的人。

　　"过了一段时间，一件不好的事情发生了，打破了他们之间的宁静。②一天晚上，小汉斯正在炉边烤火，一阵激烈的敲门声响起。这天的天气非常糟糕，外边狂风怒号，小汉斯以为这不过是风刮门带来的碰撞声，但是敲门声不止，一声比一声重。

　　"'也许是个过路人，想到屋里避避风。'小汉斯自言自语地说着，然后打开门。

　　"门外站着的是他的好朋友——磨坊主，只见他一手提着灯，一手拄着棍子。

"'亲爱的小汉斯,'磨坊主大喊道,'我遇到一件棘手的事情!我的小儿子从梯子上摔下来,伤得很重,我要去叫医生。可他住得太远了,今天的天气又这么坏,所以我想到了你,我相信你非常乐意为我跑一趟。因为,我马上就要送你一辆手推车,所以你为我做这件小事理所当然,我说得没错吧?'

"'当然,'小汉斯说道,'在你遇到困难的时候,会第一时间想起我,这是我的荣幸,我马上就动身,不过我想借用一下你的灯笼,因为外边实在太黑了,我怕掉进沟里。'

① "'非常抱歉,'磨坊主回答说,'这可是我新买的灯笼。如果你把它弄坏了,我将会受到损失的。'

"'那么好吧!我就不带灯笼了。'小汉斯说着,转身从墙上取下皮衣穿在身上,又在脖子上围了一条围巾,在头上戴了一顶红帽子,然后就朝医生家走去。

"那天的暴风雨真大!夜里又那么黑,小汉斯连脚下的路都看不清,风吹得他摇摇摆摆,站也站不稳。但是他还是坚持着,用

❶ 语言描写

小汉斯帮他这么大的忙,他却连一个灯笼都不愿借给小汉斯,可见磨坊主是多么自私和虚伪。

了三个钟头来到医生家。他敲响了医生家的门。

"'是谁啊?'医生喊道,然后从卧室的窗户里探出头来。

"'医生,我是小汉斯。'

"'这么晚了,你有什么事吗?'

"'磨坊主的小儿子从梯子上摔了下来,把腿摔伤了,希望你去看一看。'

"'好!'医生说。他叫仆人准备好马匹,穿上暖和的靴子,拿起灯笼,走到院子里,上了马,向磨坊主家跑去。可怜的小汉斯又艰难地走着回去了。

"这时的暴风雨比来时更加猛烈,瓢泼大雨从天上倾泻而下,前面伸手不见五指,小汉斯迷路了。他走着走着,走到一片沼泽地。这里是非常危险的地方,沼泽里暗藏着大大小小的陷坑,可怜的小汉斯掉进陷坑里淹死了。第二天一早,来沼泽边放羊的牧羊人发现了漂浮在水面上的小汉斯的尸体。附近的居民把尸体捞上来,送回了他的茅屋里。

"很多人参加了小汉斯的葬礼,因为他是一个受人欢迎的小伙子。磨坊主就担任了葬礼的主事。

① "'我是他最好的朋友,'磨坊主说,'所以我理应站最好的位置,这才能显示出我们的友谊。'于是他走在队伍的最前面,不时掏出手绢擦擦眼睛。

"'小汉斯的死,对于我们大家来说是个损失,'磨坊主说,'我正准备把手推车送给他,现在我都不知道该怎么处理它了。放在家里占用地方,拿去卖又不值钱。我真的要当心了,不能随便送人东西,慷慨之举,未必会取得好的结果。'"

"嗯,讲完了?"停顿了一会儿,老水鼠问。

"是的,讲完了。"朱顶雀回答。

"可是磨坊主后来怎么样了?"老水鼠问。

"这我就不知道了,"朱顶雀说,"我对他才不关心呢。"

"这说明你是一个没有同情心的人。"老水鼠说道。

② "恐怕你没有从故事中明白真正的寓意吧?"朱顶雀鄙夷地说。

"没有明白什么?你再说一遍!"老水鼠尖叫着。

❶ 语言描写

磨坊主在小汉斯生前便不断地欺骗他,更在他死后欺骗着更多的人。这里进一步向读者揭露了磨坊主的虚伪与卑劣。

读书笔记

_____
_____
_____
_____
_____

❷ 语言描写

因为老水鼠同磨坊主一样,也十分自私,朱顶雀才会说他不明白故事背后的寓意。

"寓意。"

"你说这个故事里的寓意吗？"

"当然。"朱顶雀说。

"嗯，说实话，"老水鼠气愤地说，"我觉得你在开始讲故事之前就该提醒我注意，如果你当时说了，我就不会听你讲小汉斯的故事了。我会怎么样呢？我会'呸'的一声，就像那个评论家做的那样。可是，现在并不晚。"于是他清了清嗓门，然后重重地吐了声："呸！"然后摇晃了几下尾巴，回自己的洞里去了。

过了一会儿，母鸭从池塘的另一侧游了过来，她问朱顶雀："你觉得水鼠怎么样？他有许多独到的见解，①就我个人而言，我怀有做母亲的感情，看到他这样固执的单身汉，总是忍不住要流泪。"

"恐怕我把他惹恼了，"朱顶雀说，"我给他讲了一个有寓意的故事。"

"你不该跟他讲这样的故事，这是很危险的。"母鸭说。

我很赞同她的看法。

❶ 语言描写
母鸭作为旁观者，只看到老水鼠表现出的"善"的一面。

精华赏析

这篇童话借朱顶雀之口讲述了虚伪的磨坊主,以朋友之名,以友谊为借口,一次次要求和勒索温和善良的小汉斯,最终导致小汉斯被淹死的故事。

延伸思考

1. 小汉斯冬天过得怎么样?
2. 磨坊主为什么不愿意帮助小汉斯?
3. 小汉斯是怎么死去的?

相关评价

这篇童话围绕朱顶雀给老水鼠讲的故事展开,故事内容是:穷苦的花匠小汉斯忠诚无私,助人为乐,但他的朋友磨坊主却阴险狡猾,经常高谈阔论友谊,目的是占小汉斯的便宜,不是摘小汉斯的鲜花,就是拔小汉斯的香草,还让小汉斯帮他干活。后来,在一个寒冷的暴风雨夜,小汉斯为了帮助磨坊主淹死在沼泽中。这个故事告诉我们:生活有它复杂的一面,在我们的一生中,会结识许许多多的人,但一定要辨清谁才是真正的朋友。朋友之间应该相互扶持、互相帮助,而不是像虚伪的磨坊主那样,只知道占别人的便宜。

非凡的火箭

名师导读

在国王的仓库里，有一支骄傲自负的火箭，它觉得自己与众不同，高人一等。可实际上他并没有什么用处，最终落得被抛弃到水沟里的下场。

一个王国的王子要结婚了，全国上下洋溢着欢庆的喜悦。王子要迎娶的新娘是一位俄罗斯公主，因为路途遥远，王子等了足足一年的时间才把公主等来。公主坐着一辆由六匹马拉着的雪橇从芬兰远道而来。她乘坐的雪橇很别致，样子就像一只展翅的天鹅，而美丽的公主就坐在天鹅两只翅膀中间的位置。①她身上穿着一件长及脚面的貂皮斗篷，头上戴着一顶银线缝制的帽子。可不

❶ 外貌描写
表现公主的美丽和身份的高贵，同时突出了她"脸色苍白"的特征。

知为什么,她的脸色显得非常苍白,就像她居住的雪宫那样白得不掺杂任何颜色。当她乘坐着雪橇从街道上穿过的时候,人们都感到惊奇,"她长得就像一朵白玫瑰。"大家评论道。为了迎接公主,人们从窗外向她撒着鲜花。

此时,王子就站在巍峨的城堡门口迎候着。① 王子那双紫罗兰色的眼睛十分梦幻,他的一头金发散发着金子般的光芒。当公主的雪橇来到门口,王子就单膝跪下,吻她伸过来的手。

"我看过你的画像,很美,"他赞美道,"但是你本人比画像更加漂亮。"听到这话,公主的脸顿时就红到耳朵根下。

"她刚才还像白玫瑰,"一个年轻的男侍悄悄地对同伴说,"现在就像一朵红玫瑰。"这个说法传遍了整个宫廷,大家都很高兴。

接下来的三天,人们都在相互转告:"白玫瑰,红玫瑰,红玫瑰,白玫瑰……"国王降下旨意,为提出这个说法的男侍涨了一倍的薪俸。可是他根本不拿薪俸,所以这个旨意并没有起到实际的作用,但这却是一个至高无上的荣誉,《宫廷报》上专门刊登了这则

❶ 外貌描写
巧用色彩,突出了王子外貌的英俊,他与公主真是天作之合。

读书笔记

❶ 场景描写
写出婚礼的豪华，也正是因为举办这场豪华的婚礼，才引出后面故事的主人公——那支非凡的火箭。

读书笔记

❷ 语言描写
国王的长笛吹奏得的确不怎么样，可是所有人都希望讨国王的欢心。权力的诱惑有多少人能挡得住呢？

消息。

三天过后，结婚典礼就正式举行了。❶毫无疑问，这是一个非常豪华的庆典仪式。身着盛装的王子挽着公主的手，一旁的侍从举着一顶绣着小珍珠的紫天鹅绒华盖。举行完结婚仪式后，盛大的宴会开始了，这个宴会足足持续了五个小时。王子和公主并排坐在宫殿的上座，他们两个所用的酒杯是用名贵的水晶做的。只有真正相爱的人才能用这种杯子，因为虚情假意的人的嘴唇一旦碰到它，原本晶莹剔透的杯子就会变得浑浊不堪。

"看，杯子多么清澈，他们是真心相爱的。"年轻的男侍又发表了意见。国王听了很高兴，又一次下旨给他加薪。"真是至高无上的荣誉！"所有的大臣都赞叹道。

宴会结束后就是舞会。新郎和新娘在舞池中央跳着玫瑰舞，国王亲自给他们吹奏长笛。实际上他的演奏并不怎么样，但是谁又敢说不悦耳呢？国王只会两首曲子，每到吹奏时都拿不定主意该吹哪一首。❷不过没关系，不论他吹成什么曲调，都会有人附和说："太动听了！"

最后的项目就是放烟花,王室准备了很多烟花,燃放时间定在了午夜零时。公主在自己的国家从未见过烟花,所以国王特意在她结婚这天给她送来惊喜。

"烟花是什么样子?"前两天的早晨,公主在露台上散步时还问过王子这个问题。

"就像极光一样,"国王抢着说道,他一向喜欢替别人回答问题,"但又比极光自然得多。对于我来讲,如果在星星和烟花之间选择,我会选择烟花,①因为你能知道烟花什么时候盛放,而且它的出现就像我吹奏的笛声,总能给人心旷神怡的美妙感觉。所以,你一定不要错过。"

国王命人在御花园的一头搭建了一座高高的看台,宫廷的烟花师也准备就绪,他们把烟花都从仓库搬了出来,烟花们就开始交谈起来。

"世界原来这么美丽,"一只小爆竹感叹道,"看那黄色的郁金香,多么漂亮。②即使它们跟我们一样是炮仗,也会像现在这么可爱。我很喜欢这次旅行,旅行能够丰富见

❶ 语言描写

国王在大家的终日奉承中,也认为自己吹奏的长笛很动听,让人为他被欺骗却不自知而感到可笑和悲哀。

❷ 语言描写

小爆竹的这两句话,与后面火箭的傲慢形成了对比。

注释

极光:出现于两极地区的高空,是一种绚丽多彩的等离子体现象。

闻,还能去除一个人的所有偏见。"

"小爆竹,这个御花园可不是你想象中的世界,"一只罗马焰火筒说道,"世界大到超乎你的想象,你要把它看遍,得用三天的时间。"

"不论什么地方,只要你喜欢,那就是你的世界。"一只沉思的凯瑟琳转轮焰火大声说道,曾经一个旧松木匣子打动了她的心,而她又为此心碎,所以她常以此自夸,"爱情现在不是时髦的感情,它已经被诗人扼杀了。爱情过多地出现在他们的诗里,人们已经看够了,不再相信它,这一点我深有体会。真正的爱是爱哭的,而且没有诚信。我也曾经——噢,这些都已经成为过去,浪漫又有什么用呢!"

"简直是胡扯!"罗马焰火筒不同意这种说法,①"浪漫故事永远不会过时。它就像月亮一样,每天都会升起。今天,这一对新郎新娘就是恩爱的。我已经听过他们的故事,是花筒炮告诉我的,他知道宫廷里所有的新闻,我当时就和他被放在同一个箱子里。"

但是凯瑟琳转轮焰火摇着头。"浪漫故

❶ 语言描写
罗马焰火筒的这句话表现了他与凯瑟琳转轮焰火截然不同的爱情观。

事是假的，浪漫故事是假的，浪漫故事是假的。"她接连说了三遍。她觉得，一件事如果反复说上多次，就会成真。

这时，一阵剧烈的干咳声打断他们的对话，他们转过头去看，原来是一支高傲的火箭发出的声音。①他被绑在一根长长的竹签顶上，他有个习惯，就是每次发表意见的时候，总要干咳几声，以便引起众人的注意。

"咳！咳！"他的声音引起了大家的注意，但是可怜的凯瑟琳转轮焰火只顾悲叹自己的爱情，她摇着头说："浪漫故事是假的。"

"注意秩序！"一个炮仗喊道，他是烟花家族的一个政治人物，是被地方选举出来的，他的身份显赫，懂得恰当使用议会用语。

"爱情死了。"凯瑟琳转轮焰火说完，就睡着了。

等大家完全安静下来，火箭又发出第三次咳嗽。他开始讲话，他讲起话来语速缓慢，吐字清晰，仿佛在读一篇文章似的。他说话的时候是高傲的，甚至都不正眼看别人一眼。

"王子是一个非常幸运的人，"他评论道，②"他的婚礼正好赶上了我的燃放时间，

❶叙述

主人公火箭出场了，作者突出了他说话前先"干咳"这一特征，表现了他的自大和傲慢，使读者立马就记住了他。

🖋**读书笔记**

❷语言描写

可见火箭是多么高傲，他对于王子来说只是一支烟花，可是他觉得整个世界都沾了他的光。

说真的，即使是刻意地安排，也不见得如此幸运。"

"天啊！"小爆竹说，"我觉得不是这么回事，我认为我们的燃放完全是为了表达对王子的敬意。"

"对于你可以这么认为，"火箭不屑地说，①"对此，我不会有任何怀疑，但对于我可就是另一种情况了。我是一支出身非凡家族的火箭，我的母亲也曾经是一支凯瑟琳转轮焰火，她的舞姿让众人叹服。她只有在重大场合才会登场，旋转十九次才飞出去。每当她跳舞的时候，她都会向空中抛出七颗粉红色的星星。她的直径足足有三英尺半，而且身体里装的都是上等的火药。而我的父亲，也是一支火箭，他更了不起了，他拥有法国血统。他飞得比别人都高，燃放时，人们都怕他回不来。可是这些担心总是多余的，他总是能平安地回到地面。他的性情是那样的温和，在返回地面时会化作一片绚丽的金雨。报纸上每当报道他时，总会用最华丽的文字来形容他的表演。《宫廷报》也曾称

① 语言描写
说明火箭的目中无人，自以为高人一等。

注释
三英尺半：等于106.68厘米。

赞他成功地表演了烟灰艺术。"

"是烟花,你刚才用到了这个词,"一支孟加拉焰火插嘴说,"烟花我是知道的,我的身上写有这个词汇。"

"你听错了,是烟灰艺术!"火箭答道,语气变得严厉。①<u>孟加拉焰火觉得自己在众人面前丢了面子,就开始欺负小爆竹,好展示自己也是非比寻常的一员。</u>

"刚才我说,"火箭接着说,"刚才……我说到哪儿了?"

"你在说你自己。"罗马焰火筒急忙回答。

"可恶,我们在讨论多么有趣的话题,被一个无知的人粗鲁地打断了。这种行为必须禁止,这太让人失望了。我对这种事情非常敏感,整个世界没有第二个人像我这样。"

"什么才是敏感的人?"炮仗不解地问罗马焰火筒。

"就是一个人,因为自己长了鸡眼,就去踩别人的脚趾头。"罗马焰火筒趴在炮仗耳朵轻声地说,炮仗一听,差点乐得爆炸。

"请问,你为什么发笑?"火箭质问道,"这么严肃的话题为什么要笑呢?"

❶心理描写
表现了孟加拉焰火欺软怕硬的特点。

●读书笔记

❶ 语言描写

火箭只要求别人为他着想，而他却从未为别人着想，可见他的自私。

❷ 语言描写

在火箭沉浸在自己的世界中时，身边的罗马焰火筒清楚地看到了这一切，仍善意地提醒他保持"干燥"是烟花发挥价值的基础。

"我是因为快乐而发笑。"炮仗回答。

"这是一个极其自私的理由，"火箭不高兴地说，①"快乐不是你的权利，你应该多为别人着想。眼下，你应该为我着想，我总是为自己着想，你们也应该为我着想。用一个词形容，那就叫同情。同情是最好的美德，毫无疑问，我有着这样的美德。假如今天我遇到意外，对于你们每个人来说，都是一种莫大的不幸！王子和公主也会因此而不快乐，这将损害到这场豪华的婚礼。至于国王，这将有损他的颜面，所以他更会耿耿于怀。说到这里，我更加认识到我的重要性，我因此都要感动得落泪。"

②"放弃这个念头吧，"罗马焰火筒叫道，"如果你还想发挥你的作用，请你保持干燥吧。"

"必须得这样，"孟加拉焰火大声说，"这是谁都知道的常识。"

"常识！真可恶！"火箭愤慨地说，"你们忘了我非凡的身份和地位。如果没有丰富的想象力，人人都可以有常识。说到这儿，我的想象力无疑是丰富的，我总是按跟别人不一样的想法去考虑事情。你们说干燥，这是出于你们多愁善感的天性，可这里没有一个人具备欣赏的能力。不过，我对此并不在乎。①支撑一个人一生的重要理念，就是意识到别人全都无比低劣，这是我一直在培养的情感。你们都没有心肝，你们肆意地大笑、取乐，就仿佛王子和公主刚才没有结婚一样。"

"可问题是，"一个小焰火球大声说，"为什么我们不能取乐，大家都认为这是一个快乐的场合，我一会儿会飞到天上，把快乐的事儿都讲给星星听。我会对他们讲今天有个漂亮的新娘结婚，相信星星也会激动得眨眼睛。"

"真是微不足道的人生观！"火箭一脸瞧不起的样子，"不过这也不足为奇，因为你的身体里全是空的，注定你没有深刻的思想。呃，王子和公主成婚后，可能会去乡下住一段时间，那里景色很美，一条蜿蜒的河流从乡间穿过；也许他们明年就会生一个儿子，长得就像王子那样，有着一头金发和一双紫罗兰色的眼睛；他很快就会长大，和保姆一起外出散步；也许保姆走着走着，感觉累了，就坐在一棵树下小憩；也许那个小王子会淘气地独自跑到河边，一不小心掉进河

❶ 语言描写

这句话也是火箭为什么会这样骄傲的原因，因为他一直认为身边的人都无比低劣，只有自己最高贵。

里，淹死了。这真是一场灾难！可怜的年轻父母，失去了他们唯一的儿子！真是难以想象，这太可怕了！我会为这件事感到难过。"

"可是，"罗马焰火筒不耐烦地说，"他们还没有儿子，也不曾有灾难降临在他们头上。"

"我并没有说这个灾难真正发生了，"火箭答道，"请听好，我说的是可能！如果将来他们真的失去独生儿子，我再说这些就没有意义了。对于打翻了牛奶才知道哭的人，我一向很讨厌。但是一想到他们有可能会失去独生儿子，我就感到不自在。"

"这是一定的，"孟加拉焰火嚷道，"事实上，你是我遇到过的最不自在的人。"

①"真是太粗鲁无礼了，"火箭说，"你是我见过的最粗鲁的人，你完全不理解我对王子的友情。"

"我说，你根本不认识他！"罗马焰火筒反驳道。

"是的，我从没说过我认识他。"火箭回答，"话又说回来，如果我和他相识，也许我不会做他的朋友。因为认识自己的朋友，本身就是一种危险。"

📝 读书笔记

❶ 语言描写

面对孟加拉焰火直白的表达，火箭恼羞成怒，为了掩饰自己而批评说出真相的孟加拉焰火。

① "要我说，你最好还是时刻保持干燥比较好，"焰火球说，"这才是一件有意义的事。"

"我深信不疑，这件事对你反而非常重要，"火箭说，"我就不同了，我想哭就哭。"② 说着，他真的挤出了眼泪，泪水顺着竹签滑了下来。地上，两只甲虫正在找一处合适的居所，它们喜欢在干燥的地方安家，火箭流下的泪水差点把它们淹死。

"他的内心一定怀有浪漫的情怀，"凯瑟琳转轮焰火说，"因为根本没有事情发生，他还能哭出来。"说完，她发出一阵深长的叹息声，继续想念那个松木匣子。

但罗马焰火筒和孟加拉焰火却因为火箭的做派而生气，他们提高嗓门，不停地喊："骗人！骗人！"他们看待事物很实际，只要是自己反对的，就会认为是骗人的把戏。

这时的天已经很晚了，圆圆的月亮就像一个银盘挂在天空，星星围着月亮调皮地眨着眼睛，宫殿里的舞会还在继续。

王子和公主无疑是今天的主角，他们在舞池中央领舞。③ 这一对年轻人的舞姿太美了，就连窗外的白莲花也忍不住趴在窗口

❶ 语言描写
尽管"非凡"的火箭看不起周遭的人，可是这些人还是在善意地提醒他。

❷ 细节描写
火箭流泪把自己打湿了，为后面不能点燃做铺垫。

❸ 拟人
用拟人的修辞手法突出王子和公主舞姿的优美，连窗外的花朵都被吸引。同时使语言充满想象力和童趣，更符合童话的语境。

偷看；巨大的红色罂粟跟着音乐的旋律点着头，打着节拍。

十点的钟声敲过，然后是十一点的钟声，最后十二点的钟声也响起来了。当午夜的钟声响起的时候，人们停下舞步，纷纷来到露台上，宫廷烟花师挤到国王跟前等待指令。

"时间到了，你去燃放吧。"国王命令道。宫廷烟花师鞠躬致意后，大步向花园走去。六个随从紧紧地跟在他的身后，每个随从手里都举着一个点燃的火炬，火炬下面绑着一根长长的木棍。

烟花表演确实很绚丽。

随着"嗞"的一声，凯瑟琳转轮焰火旋转着飞到天上。接着，"噗！砰！"罗马焰火筒也跟着上去了。随后爆竹们欢快地唱起了歌，他们载歌载舞在场地上欢腾着。孟加拉焰火冲到天上时，他把所有的东西都映成了绯红色。"再见！"焰火球高喊了一声，也冲上天空，一路上还撒着蓝色的小星星。"砰！啪！"炮仗大喊大叫，为大家助威。所有的焰火都取得了巨大的成功，受到王室成员的夸赞。① 而唯独非凡的火箭受到冷遇，因为

❶ 叙述
火箭之前看不起的那些烟花都在天空中飞舞，而只有他自己不能升空，这些都是他的傲慢和盲目自大造成的。

他的眼泪把身体里的火药浸湿了，引线虽然点着了，可是他升不了空。他只能眼睁睁地看着自己以前从不放在眼里的穷亲戚们展现各自的魅力，当他们把天空装扮得无比绚丽时，火箭后悔极了。每个烟花升空都带给露台上的人们一次惊喜，特别是公主，她第一次见到烟花表演，开心极了。

①"我估计，他们会把我留到一次重要的场合再燃放，"火箭自言自语地说，"这是毫无疑问的事情。"他又露出傲慢的神情。

第二天，工人们来清理场地。"看起来这是一个代表团，"火箭想，"我要以我尊贵的身份接见他们。"想到这里，火箭就把鼻子翘得高高的，露出一脸严肃的表情，就像一位重要的议员在思考某个棘手的问题。但是工人们并没有在意他，直到他们工作完就要离开的时候，一个工人才发现他的存在。"哟嗬！"那工人嘟囔道，"这里还有一支坏火箭！"说着把火箭捡起来，顺手扔过了院墙。

"坏火箭？他这么称呼我？"他在空中旋转着，②心里在思索着这个称呼，"不可能！我一定是听错了，他一定是称我为大火箭，这才符合我的身份！'坏'和'大'的发音

❶ **语言描写**
在知道自己不能升空绽放之后，火箭还在自欺欺人，不愿意承认那让他难堪的事实，也不愿意正视自身存在的问题。

❷ **心理描写**
不管处境怎么样，火箭都能找到借口安慰自己，却从来没有思考过自身的原因，把一切责任都归咎于别人，不愿意承认自己的过失，真是可气又可笑。

读书笔记

很接近，我一定是听错了。""噗"的一下，他掉进了烂水沟里，溅起了几个泥点子。

"这里真不是什么好地方，"他不平地说道，"但是可以把这儿看作是一个不错的水边疗养所，他们是送我出来疗养的，是的，我确实受伤了，理应接受疗养。"

这时，一只穿着绿色花棉衣的小青蛙路过这里，青蛙看到他，就瞪着好奇的眼睛不住地打量着，像在看一个奇怪的东西。

"我看清了，是一个新来的家伙！"青蛙说，① "嗯，毕竟看起来和泥巴是不一样的。我需要的是下雨天和水沟，这两样才能带给我幸福。你觉得今天会下雨吗？我多希望下午能下一场大雨，可是你看这天多么晴朗，连一片云彩都没有，我注定要失望了。"

"咳！咳！"火箭发表意见前，习惯性地开始咳嗽。

"不得不承认，你的声音很好听，"青蛙说道，"很像青蛙的叫声，那么清脆，那么响亮，蛙类的叫声是世界上最动听的声音。今天晚上我们'快乐俱乐部'准备举办演唱会，你有时间可以来参加。地点就设在农夫房屋后的池塘里，月亮升上来时我们就开始

❶语言描写

水沟里的青蛙对着新来的火箭自言自语，可以看出这又是一个啰唆的话匣子，不知道火箭会怎么应付呢？

表演。那种演唱会别提有多么美妙，很多人都躺在床上不睡觉听我们歌唱。① 就在昨天，我还听到农夫的妻子对她母亲说，由于我们声音响亮，她一夜都没有合眼睡觉呢！没想到我们如此受欢迎，这真是一件令人欣慰的事情。"

"咳！咳！"火箭听到青蛙滔滔不绝地讲个不停，自己却插不进去一句话，感到非常生气。

"你的声音很动听，"青蛙又接着说，"晚上希望你能到池塘来一趟。我要告辞了，我的女儿们还在等我。我有六个女儿，她们个个长得漂亮极了，我真担心那些不怀好意的狗鱼伤害她们。狗鱼是水里的魔鬼，他会残忍地把我的女儿吃掉的。再见，跟你交谈很愉快，真的。"

② "交谈？呵！"火箭生气地说，"事实上是你一直在说，我没说过一句话。"

"总得有人做听众，"青蛙说，"谈话这种事还是由我来做，毕竟这是我的强项，而

❶ 语言描写
青蛙和同伴们过于响亮的声音使得农夫的妻子一夜不能睡觉，他却觉得是因为别人喜欢他们的声音，他的自大与火箭可谓如出一辙。

读书笔记

❷ 语言描写
火箭终于在交谈方面遇到一个比他更强势的对手了，他也终于尝到被别人的自大噎得说不出话的滋味了。

注释

狗鱼：是淡水鱼中生性很凶猛的肉食鱼，除了袭击别的鱼还会袭击蛙、鼠或野鸭等，据说一天可以吃和自己体重相当的食物。

爱阅读
AI YUEDU

且能节约时间，最重要的是能防止争执。"

"我宁可去和别人争执。"火箭愤愤地说。

"争执可不是好的行为，"青蛙得意地说，"争执是一种粗鲁的表现，在一个好的社交圈子里，人人都应懂得尊重，避免发生争执。得再一次和你说再见了，女儿们已经向我招手了。"说完，青蛙三蹦两跳就消失不见了。

"真是一个没礼貌的家伙，"火箭说，"毫无疑问，他没有受到过良好的教养。①这种人实在令人讨厌，我还没有介绍非凡的我，你就抢着说你自己。这是一种非常自私的行为，自私是一种令人厌恶的恶习，尤其像我这样非凡的火箭，你应该向我学习，我是天生富有同情心的，再没有比我更好的榜样了。遇到这么好的机会，你却没有好好把握，很快我就会回到宫廷，我会在宫廷中受到高规格的礼遇。比如昨天，王子和公主就是因为向我表示敬意才结了婚。当然，这种高尚的事物你从来没听说过，你只是一个乡下人。"

"你说什么都没用，"一只站在宽叶香蒲尖上的蜻蜓说，"你在这里自言自语又有什么用呢？青蛙已经走远了。"

❶语言描写
青蛙的确做得不对，可火箭自身也并没有好到哪里去，他可谓一个"严以待人，宽于律己"的典型。

读书笔记

"那他就受到损失了,而我完全不会,"火箭答道,"我不会因为他的离开而停止这番言论。事实上,我更喜欢听我自己说话,这是人生中最大的乐趣。我常常会一个人说很久,这些话多么精辟,更加说明我是一个很有智慧的人,很多时候,我说的自己也听不明白,但这又有什么关系呢。"

① "那你应该去教哲学课。"蜻蜓说完,扇动两下翅膀,飞到空中去了。

"他居然不待在这儿听我说话,真是愚蠢的做法。"火箭说,"他怎么会轻易放弃这种改进思想的机会呢?管他呢,像我这种非凡的天才,总有出人头地的一天。"他在说这些的时候,身体在烂泥里陷得更深了。

又过了不久,一只洁白的鸭子走了过来。她的腿是嫩黄色的,脚趾间长着蹼,她走路时不慌不忙,一摇一摆,在别人眼里是一个十足的美人。

"嘎,嘎,嘎,"鸭子说,"你长得很奇怪,请问你是生下来就这样,还是后来长成

❶ 语言描写
蜻蜓看出了火箭的自大与骄傲,讽刺了他一句,便不愿多理会,直接飞走了。

读书笔记

注释
蹼:一些水栖动物或有水栖习性的动物,脚趾间有一层薄膜,可用来划水,这层薄膜称为蹼。

这样的？"

"很显然，你是在乡下长大的，"火箭答道，"否则你不会连我这么非凡的火箭也不知道。不过，对于你的无知我可以原谅。期待别人像自己一样非凡，本身就是错误的。我能飞到天上去，然后化作一阵金雨，听到这儿你该表现得很惊讶吧。"

"为什么要感到惊讶呢？"白鸭不解地问，①"我真的不认为这样子对人有什么用处。如果你能像黄牛犁地，像马拉运货物，像牧羊犬看护羊群，我倒是可以对你另眼相看。"

"我的好人儿啊，"火箭嚷道，语气中带着十足的傲慢，"显而易见，你生活在一个较低的阶层，对于我这种阶层的人来说，有一种才艺就足够扬眉吐气了。我本人对你所说的任何一种行当都没有兴趣。我的观点是，出累受力的工作只属于无事可干的人。"

"好吧，"鸭子说，她的性情很温和，从来不和人争执，②"每个人都有不同的兴趣，现在我不与你讨论这个，希望你能在这里很好地安家。"

"这怎么可能！"火箭生气地说，"我只

❶ 语言描写
作者借白鸭之口说明做人应该要做对社会有贡献、有价值的人，而不是只会空洞地说大话的人。

❷ 语言描写
相比火箭，鸭子则更加谦虚温和，也更富有包容和务实精神。

是个过客而已，这种地方怎么适合我这种高贵的身份呢？这里没有上流社会，而且声音嘈杂，这是贫民待的地方。而我，很快就要回到宫廷中去，那里才是我应该待的地方。"

"其实我也想过，有一天我能进入公众的生活，"鸭子说，"有很多事需要改进。我曾经也做过一个会议的主席，我们通过了很多决议，谴责那些我们不喜欢的事物。但是，那些决议没有起到应有的作用。如今，我只要照顾好我的家庭就足够了。"

"我天生就是要参与公众生活的，"火箭说，"我所有的亲戚都和我一样，即使他们中也有身份卑贱的，①可我们只要一出场，就会受到大家的瞩目。我本人还没来得及出场，但是请相信，假如我出场，一定会引起轰动。像你提到的活儿，那只会让你老得更快，而且让人分心，会忽视更为高尚的事情。"

"嘎，生活中更高尚的事情，听上去多美好啊！"鸭子说，"你这句话提醒了我，我现在感到了饥饿。"她顺着水游走了，一边游，一边不住地嘎嘎叫着。

②"你先别走，快回来！"火箭大声喊

❶语言描写
　　自始至终，火箭都相信自己的非凡地位。

❷语言描写
　　这时候的火箭气急败坏，因为没有人愿意再听他的长篇大论，他只有孤孤单单地留在水沟里了。

道,"我还有很多话没有说完!"但是鸭子连头也没回。"真高兴她走了,"火箭又开始自言自语,"她有一个坚定的中产阶级头脑。"火箭由于说话太多,陷进去得更深了。这时,远处跑来两个身穿白色罩衫的小男孩,他们手里拿着水壶和柴火。

"真正的代表团来了。"火箭想,然后又摆出一副骄傲的表情。

"快看,"其中一个男孩叫道,"这里有根旧木棍。"说着便把火箭从烂泥沟里拔了出来。

① "旧木棍?"火箭说,"我又听错了,他一定说的是金木棍,金木棍是恭维的词汇。看来,他错把我认作是宫廷贵人了!"

"把它扔进炉子里吧!"另一个男孩说,"它能让壶里的水烧开得更快些。"

于是他们把火箭放在柴火堆的最上面,和其他柴火一起点燃了。

"真是太壮观了,"火箭嚷道,"他们准备在大白天燃放我,好让更多的人见识我的非凡。"

① 语言描写
到了这个时候,火箭仍然在自欺欺人。

注释

罩衫:一种宽松的上衣。

火箭因为受了潮，所以用了很长时间才烧起来，他梦寐以求的时刻总算来临了。

"现在我要到天上去了！"他大喊大叫，把身体挺得笔直，"我会飞得很高，越过星星，超过月亮，甚至比太阳还要高。我会高到……"

嗖！嗖！嗖！他飞上天了。

"太令人兴奋了！"他高喊着，"我会一直爬升，我成功啦！"

可是没有一个人看到他的存在。

这时他感到身体膨胀得厉害。

① "我要爆炸了，"他高喊着，"我会点燃整个世界，让大地为我颤抖，我会成为众人的焦点，他们会用一年的时间谈论我！""砰"的一声，他爆炸了。

可是没有人听到，连那两个把他捡回来的小男孩也没注意到，因为此时他们正睡得香甜。

他现在只剩一根棍子，然后从天上掉下来，正好掉在一只慢慢悠悠走路的鹅的身上。

鹅吓了一跳，"天哪！下棍子雨了。"说完，一溜小跑冲进水沟里。

② "我说得没错，我必定会引起轰动的。"火箭说完，就灭了。

❶ 语言描写
这一刻是火箭这一辈子梦寐以求的，他要实现他的梦想了。为了这一刻，他牺牲了太多的东西，例如朋友，可这样真的值得吗？

❷ 语言描写
明明没有一个人看到，可火箭至死都执迷不悟，坚信自己引起了轰动，他的一生真是可悲可叹。

精华赏析

　　本篇童话讲述了一支自命不凡的火箭，从看不起身边的所有人，到被扔进水沟里，最终被孩子们放在柴火堆上升空绽放，却没有一个人看见的故事。

延伸思考

　　1. 火箭为什么会觉得他与周围的人不一样？
　　2. 在婚礼上，火箭为什么不能点燃？
　　3. 火箭最后升空了没有？

相关评价

　　这篇童话围绕着一支自命不凡的火箭展开，他本是烟花中的一个种类，可是却自大无知，认为自己非常优秀，身边的人都愚蠢无比，以为整个世界都在围绕着他转。作者对于生活中那些阿谀奉承和以大欺小的现象都有所描写，并进行了辛辣的讽刺。

少年国王

名师导读

一个少年即将加冕成为国王,可是在加冕前夜他做了三个奇怪的梦,让他不再去追求华美的东西。这到底是三个什么梦呢?让我们来看看吧!

加冕日的前夜,少年国王一个人待在自己华丽的寝宫里。他的大臣们按照礼节,毕恭毕敬地弯腰鞠躬,然后退下,走进王宫的大殿内,跟着教授礼仪的讲师学习最后的几节课程。他们中有少数几个人的礼仪还没有达到标准,不用说,这在皇家宫廷里,是不允许发生的。

坐在寝宫里的少年——确实得这样称呼他,因为他只有十六岁——看到大臣们离

❶ 场景描写
表现了宫廷里等级制度的森严。

开并不难过，而是长出了一口气，头往后一仰，将整个身子埋进刺绣长榻椅的软垫子里。他静静地躺在椅子上，睁着一双大眼睛，张着嘴，就像林地里供奉的棕色牧神，又像一只刚落入猎人陷阱的幼兽。

提到猎人，他确实要感谢几个打猎的，猎人们是意外发现年幼的国王的。猎人们看到他时，他正赤裸着臂膀，手里拿着一支牧笛，跟在一群绵羊的后面，身边是把他养大的牧羊人。从他记事起，他就认为自己是牧羊人的儿子。①其实她的母亲是老国王唯一的孩子，而她又爱上一个地位低下的人，所以才有了他。有人说，他的父亲是一个异乡人，因为他既会写诗，又有超高的演奏技巧，所以年轻的公主深深地爱上了他；还有一种说法是，那个人是从米尼来的艺术家，公主给了他很多照顾，安排他在大教堂绘画，可是画还没完成，人就消失得无影无踪。孩子降生后，有人趁公主熟睡之际将孩子抱走，送到乡下一个普通农民家，那时孩子出生仅一周时间。农民住在远离皇宫的地方，

①概括描写
介绍了少年国王的身世。

注释
米尼：意大利的一个地名。

骑马去得一天时间。①男孩的母亲醒来后不到一个小时就死了，有的说是因为她伤心过度，有的说是因为瘟疫，还有一种说法是因为她的父亲命她喝了一杯掺有急性意大利毒药的香料酒。总之，孩子的母亲死了。一位忠诚的使者抱着孩子，骑着快马一直跑了整整一天，疲惫不堪的马儿停在一个牧羊人的门前。使者在叩响牧羊人的屋门时，公主已经被下葬了，墓穴设在城外一座荒凉的教堂墓园里。据说，那里还埋着一个年轻的外国男子，见过的人描述说，他长得非常英俊，他的双手被反捆着，胸前有几个很深的伤口。

　　这个故事在民间流传了很久，当然，大家都是悄悄地议论。最后派人把少年找回来的正是老国王，这时他已经病入膏肓。老国王让少年站在床前，对着众大臣宣布，这个孩子就是王位继承人。不知老国王是临终悔悟犯下的罪孽，还是不愿让王位旁落他人。

　　自从少年进入宫廷之后，似乎显露出一种非比寻常的迹象，那是一种对美的追求。这种爱好必定会影响他的一生。②他第一次来到王宫并被几个侍从带到自己华丽的寝宫时，他发自内心地惊叫了起来，这种快乐是

❶概括描写

　　男孩的母亲在生下他不久后就离世了，所以他一直缺少对皇室的了解，再加上他从小在乡下长大，所以才会那么单纯。

读书笔记

❷心理、动作描写

　　从一个牧羊少年突然变成一国的最高统治者，从天而降的奢华生活几乎冲昏了少年的头脑。

他从来没有享受过的。侍从形容说，当他把自己所穿的一身兽皮做的粗糙的衣服扔在一边时，简直快乐得要疯掉了。不过，过了没几天，他就开始怀念森林里那种自由自在的生活了，因为宫廷烦琐的礼节以及单调的生活让他乏味，他为此产生了厌烦情绪。但是精美恢宏的宫殿打消了他回归森林的念头。他现在是这里的主人，这里的一切都是属于他的。①所以只要一有机会，他就会急不可耐地从觐见室或会议厅里逃出来，从装饰着镀金铜狮子、铺着亮色云斑石的巨大楼梯上跑下去，流连于每个房间、每条走廊，也只有这个时候，他才感到自己是快活的，美的东西像一种止痛药，可以安抚他孤独的心灵。

　　他把这种行为称为发现之旅。确实，这一切都让初来乍到的他感到好奇，他就像漫游在奇境一样。当然，那些长相俊美的宫廷男侍会时刻陪伴他，他们都长着金黄的头发，身材细长，穿着华丽的服装。可是更多的时候，他宁可自己一个人待着，跟随敏感的直觉，用心去感受周围的一切。②他认为世上的奥秘应该静静地体会；美和智慧是一样的，只欣赏孤寂的崇拜者。

❶ 叙述

少年突然成了王位继承人，美丽的宫殿让他目眩神迷，陶醉其中，他十分享受徜徉在这些美丽建筑中的感觉。

❷ 心理描写

写出了少年初入世时的生活，道出了他对世界的感受和对美与智慧的认识。

自从他到王宫后，在他身上发生了很多古怪的事情。据宫廷中的人说，一位肥胖的市长曾代表全城的市民前来递交一份书面致辞来赞美年轻的国王，可市长看到他时，他正虔诚地跪在一幅刚刚从威尼斯带回来的画作前，似乎把其当作神灵一般膜拜。有一回，他突然失踪了，宫廷中的人都去寻找，最后在王宫北塔楼的一间小屋子里发现了他。他像丢了魂一样，双眼直勾勾地盯着一块雕着阿多尼斯像的希腊宝石在发呆。还有一回，有人看见他把嘴唇紧紧地贴在一座大理石肖像的额头上，这个石像是人们在建造大桥时从河床中挖出来的，上面还刻着哈得良所拥有的俾斯尼亚奴隶的名字。听说，他曾花了整整一夜的时间来观察月光照在恩底弥翁银像上的效果。

① 所有珍稀的、昂贵的物品，都对他造成很强的吸引力，他急迫地想得到一切美的

读书笔记

❶概括描写
少年到了王宫之后，过上了奢侈的生活，他不遗余力地搜罗世界各地的珍贵物品，一发不可收拾。

注释

阿多尼斯：希腊神话中的植物神，有着如花一般俊美精致的五官，世间所有人与物在他面前都黯然失色，爱神维纳斯都为他倾心不已。他每年死而复生，永远年轻，容颜不老，深受女性崇拜。
俾斯尼亚：古代王国，在今小亚细亚西北部。
恩底弥翁：希腊神话中月亮女神所钟爱的美少年。

东西。为此，他下令把很多商人派往世界各地。海上的商船去了北方，向当地的渔民购买琥珀；有的商人被派往埃及，去采购绿松石，这种名贵的宝石只有在国王的坟墓中才能找到，具有非比寻常的魔力；有的商人被派往波斯，从波斯人手里可以买到中国的丝绸和彩陶；还有的商人被派往印度，那里能买到薄纱、染色象牙、月长石、翡翠镯子、檀香木、蓝色珐琅，还有精纺羊毛披肩。

❶ 细节描写
这三样珍贵的东西显示了上层社会的奢华生活，也对应着后文少年所做的三个奇怪的梦。

① 但是任何一样物品都无法和他加冕时所穿的王袍相媲美，那是一件用金线织成的袍子。还有他戴的王冠，上面镶嵌了各种美丽的宝石。他还有一根权杖，上面点缀了许多珍珠。晚上，他躺在床上休息，眼睛盯着壁炉里那根燃烧着的松木，脑子里还在想这些物品。它们的设计图全部出自全国最有名的匠人之手，几个月前就呈给他过目。他下令，工匠必须以最快的速度赶制出来，并且派人去世界各地搜集可以配得上这些器物的珠宝。他想象着自己穿戴着专门为他精心制作的华丽服饰，高高地站在教堂中央的圣坛上。② 想到这里，他的脸上泛起了笑容，眼睛里闪烁着快乐的光芒。

❷ 神态描写
少年终于过上了他想要的生活，想到自己即将加冕，成为万人之上的国王，享用世界上最华美的器物，他变得十分快乐。

巨人的花园
JUREN DE HUAYUAN

躺了一会儿，他从长榻椅上起身站起来，靠在雕花的烟囱边上，打量着寝宫的一切。虽然灯光昏暗，但却让室内的物品增添了一种朦胧的感觉。墙上挂着一张图案精美的壁毯，它们象征着美和胜利。在一个角落里，装着玛瑙和青金石的壁橱被塞得满满当当。窗户的对面，是一个造型奇特的储物柜，柜子上涂着耀眼的金粉，四周镶嵌着金丝，柜子上摆着精美的威尼斯玻璃做的高脚酒杯，酒杯的旁边还有一只黑纹缟玛瑙的杯子。他的床上铺着一条银色的被子，被子上绣着浅色的罂粟花，绣工的手艺很好，它逼真得就像刚从枝头上摘下来似的。四根高高的象牙杆支撑着天鹅绒的顶篷，顶篷上还点缀着一大簇一大簇的鸵鸟羽绒。

读书笔记

① 他向窗外望去，看到远处的大教堂，巨大的穹顶犹如一个巨大的气泡，高高耸立在一片片低矮的民房上方。放哨的士兵显然已经疲惫，他们沿着河边的小道无精打采地来回走着。这时，从很远的地方，像是一个果园里，传出来一阵优美的夜莺的鸣叫声，像一支高亢的歌曲传进他的耳朵。一缕缕的素馨花的香气传来，让他感到心旷神怡。他

❶环境描写
巨大的贫富差距已经开始隐隐显示出来了，高高在上的教堂和"一片片低矮的民房"，象征着坚固且森严的社会等级。

99

轻轻地把额头的一缕头发梳到耳后，然后从旁边拿起一只琴，手指轻轻地拨动着琴弦。这时他感到眼睑沉重，困倦向他袭来。这种奇怪的感觉他从来没有经历过，如此奇妙，或者说因为美的事物带给他强烈的快感。

钟楼里传来午夜的钟声，①他拉了一下铃，随后几个男侍走进来，按照宫廷的规矩给他更衣。他们先用玫瑰花水给国王洗了手，然后又在枕头上撒了鲜花。国王枕着充满花香的枕头，不一会儿就睡着了，然后做了一个梦。

❶ 细节描写
显示出少年国王奢侈的生活方式。

他梦到自己站在一个陌生的阁楼里，这间阁楼又长又矮，一阵织布机"吱吱唧唧"转动的声音传过来，借着窗格子透过来的月光，他看到了织工们在织布机前的瘦削身影。一些脸色苍白、带着病容的孩子就坐在织布机的横梁上。梭子穿过经线时，他们要提起沉重的压板，梭子停下时，他们又要把压板放下，让线紧紧交织在一起。饥饿让他们无力，织布时手不断地颤抖。几个憔悴的妇人坐在桌旁缝制布料。②屋子里的空气浑浊，夹杂着难闻的气味，房间潮湿，墙壁上渗着水珠。

❷ 环境描写
显示出工人们恶劣的工作和生活环境，为了国王的衣袍，他们不得不彻夜劳作。

织工发现了他，生气地说："为什么要盯

着我们看？是我们的主子派你来监视我们干活儿的吗？"

"谁是你们的主子？"少年国王问。

"这还用问？"织工语气刻薄地说，"他和我们是一样的人，唯一的区别就是他穿着华丽衣裳，而我们穿着破布烂衫；他吃着山珍海味，而我们却饿着肚子。"

① "这是个自由的国家，"少年国王说，"你只属于你自己，并不是谁的奴隶。"

"你说得不对，打仗的时候，"织工回答，"强壮的会让体弱的当奴隶；和平的时候，富人会让穷人当奴隶。我们想要生存下去，就必须无休止地干活，可领到的工钱却让我们活不下去。② 我们没日没夜地劳动，他们的金子怎么也花不完；我们的孩子出生不久就面临着死亡，我们所爱的人变得整日愁眉不展。葡萄酒是我们酿的，却要给别人品尝；我们种下的谷物，成为别人碗中的食物。我们身上戴着枷锁，虽然这枷锁眼睛看不见，这样的人能说是自由的吗？"

"所有的人都是这样吗？"少年国王问。

"当然，"织工回答说，"年轻的是这样，年老的也是这样；女人是这样，男人也

❶ 语言描写
人人生而平等，这是最简单的道理，懵懂不知事的少年一直坚信这一点，可是在这种社会大环境下，这个道理是多么苍白无力。

❷ 对比
通过一连串的对比，将巨大的社会贫富差距直观地摆在少年国王和读者面前，突出了底层劳动人民糟糕的生存情况，也为后面少年国王的转变做铺垫。

是这样；年幼的孩子是这样，走不动的老人也是这样。商贩压榨我们，我们得按他们的吩咐去做事。牧师骑着马经过，只顾对着手中的珠子念念有词，完全不把我们当人看。贫穷像一只猛兽，每天都在小巷子里转悠，罪恶就紧紧地跟在它的身后。早晨我们在悲惨中醒来，夜晚我们在耻辱中入眠。这些与你无关，你不是我们中的一员。你的脸上带着幸福。"他皱着眉头转过身去，又开始忙着手里的工作，这时，少年国王瞥见梭子上穿着一根金线。

这根金线让他感到震惊，于是他急忙问："这件袍子你是给谁织的？"

"这是少年国王加冕时要穿的袍子，"他答道，"你问这个干什么？"

少年国王叫了一声，从睡梦中醒来。① 他惊慌地看看四周，发现自己躺在寝宫里。月亮升得很高，透过窗户，把银色的月光洒了进来。

他躺下又睡着了，接着又做了一个梦。

他梦到自己正躺在一艘航行的大船上，这是一条巨大的木船，有上百个奴隶在划桨。他身旁的地毯上坐着船主，船主皮肤黝

读书笔记

① 动作描写
从第一个梦中惊醒之后，少年国王开始有些慌张。

黑，却戴着一条绯红的裹头巾，厚厚的耳垂上各戴着一个很大的耳环，手里拿着一个象牙天平。

①奴隶们全都赤裸着身子，只在腰间围着块布，他们一排排挨着，被链条锁着。火辣辣的太阳炙烤着他们的身体。黑人们手里舞动着皮鞭，不时地抽在动作放慢的奴隶身上。奴隶们不停地伸展着手臂，摇动着沉重的船桨，奋力地划着水。

> ❶场景描写
> 写出了奴隶们恶劣的工作环境。

船驶进一个小港湾里，有人把身子探出来测水深。海风吹过来，扬起一阵岸上的沙尘，沙尘笼罩着甲板和船帆。②远处，三个阿拉伯人骑着野驴冲了过来，对着船上的人投掷长矛。船主拿起一张弓，对准一个阿拉伯人的喉咙射去，那人中箭倒在地上。其他两个人一看同伴死了，赶紧掉转驴头狂奔而去。一个蒙着黄色面纱的女人骑着骆驼跟在他们的后面，一边走一边回过头看那具尸体。

> ❷动作描写
> 船上这些人不辞辛劳，冒着与当地人作战的危险，去到远方的阿拉伯世界。而在遥远的异域，他们要寻找些什么呢？

黑人们把锚抛进水里，收了船帆，然后从底舱里拖出一架长长的绳梯，绳子的末端坠着铅块。船主命人把绳梯的一侧固定在船板上，另一侧扔进海水里。黑人抓住一个年轻的奴隶，把他的脚镣卸下，然后用蜡把他的鼻孔和耳孔都封住，又在他的腰间系上一块石头，然后命他顺着梯子下到海里。年轻的奴隶吃力地顺着绳梯下去，进入海里不见了，他沉下去的水面上浮起一串水泡。其余的奴隶好奇地趴在船舷上朝下观望。船头的驱鲨人激烈地敲打着手中的鼓驱赶鲨鱼。

过了一会儿，年轻的奴隶从水里钻出头来，他一手举起一颗珍珠，一手抓着绳梯大口大口地喘气。黑人从他手里夺过珍珠，一把将他推进水里。其余的奴隶不再观望，他们抓住难得的时间伏在甲板上睡觉。

潜水者一次次地献上珍珠，船主把每颗珍珠称过重量后都放进一个绿色的皮囊里。

少年国王想说点什么，但嘴巴就像被粘住一样开不了口。黑人们却在不住地交谈着，最后为一串珠子发生了争吵。几只海鸟在船的上空不住地盘旋着。

潜水的奴隶最后一次浮了上来，这次他带上来一颗成色非常好的珍珠，它的形状如同满月，洁白胜过初雪，仿佛泛着一层星光。①可是年轻奴隶刚爬到甲板上，耳孔和鼻孔里就不住地往外冒血，最后他双眼一闭就再也起不来了。黑人们撇了下嘴角，把尸体抬起

读书笔记

❶ 概括描写
生命在这时候显得是如此低贱，奴隶找到了珍珠，却付出了生命，然而更可怕的是，其他人对这一切熟视无睹，习以为常。

来直接扔海里去了。

船主看着袋子里的珍珠露出满意的笑容。他从袋子里拣出一颗最大的珍珠，把它摁在额头上，然后深深鞠了一躬。"这颗珠子，"他嘴里喃喃道，①"要带回国，送给年轻的国王，它一定会给权杖带来光芒。"他冲黑人们挥挥手，示意启航。

听到这句话，少年国王大叫一声，又从睡梦中惊醒。透过窗户，已经能看到远处的晨曦正在与暗淡的星星纠缠着。

他平息了一下心神，然后躺下又睡着了，然后接着做起了梦。

他梦到自己穿梭在一处幽静的园林里，园子里种着许许多多他叫不上名字的树，有的树上结满了奇形怪状的果子，有的树上开满了美丽却有毒的花。他走过去时，发现一棵树上盘着一条蟒蛇，嘴里不时地吐着信子；漂亮的鹦鹉尖叫着从一个枝头飞向另一个枝头；懒洋洋的乌龟正趴在一片淤泥里，头半缩进龟壳里睡大觉；还有许多的猿猴在园林里嬉闹。

他一直朝前走着，不多时就来到园林的尽头。园林的外头是一望无际的人群，全部

❶语言描写
权杖的光芒背后是无数人的鲜血，众多生命的逝去，仅仅是为了增加新国王的威严。如今想来，权杖上那颗美丽珍珠的光芒是那么让人不寒而栗。

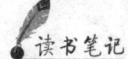
读书笔记

❶ 场景描写

这么多人在这里不断地劳作，他们在寻找什么呢？

❷ 叙述

这些人卖力地为贪婪服务，否则随时会被死神带走，无论怎样的结果都是悲惨的。

❸ 语言、动作描写

贪婪不愧为贪婪，连一粒谷子都不舍得分给别人。"藏"这个动词将"贪婪"的特点表现得淋漓尽致。

聚集在干涸的河床上做工。① 他们人数众多，像蚂蚁一样黑压压地集中在岩石的周围。他们在地上挖出一个个深坑，有的人下到坑里去，有的人在挥动着斧子劈岩石，还有的人在掏沙子。

如果他们遇到仙人掌，就会伸手把它连根拔起，把美丽的仙人掌花踩在脚下。他们口里喊着号子，不停地工作着。

② 死神和贪婪挤在一个山洞里躲避着日头，在黑暗中看守着这群人。死神说："这个工作太乏味了，把三分之一的人让给我，我马上走。"贪婪听了摇摇头，回答道："他们全是我的仆人。"

死神看看她，问："你手里拿的什么东西？"

"三粒谷子，"她答道，"这不关你的事！"

"给我一粒，"死神说道，"我可以把它种到我的园子里，只要一粒就够了，我马上走开。"

③ "休想，"贪婪说，"这全是我的。"然后把谷子藏到身上的口袋里。

死神脸上露出诡异的笑容，神情中带着

狰狞，他从身上掏出一个杯子，把它浸到池塘里，放出了疟疾。疟疾疯狂地在人海中狂奔，很快，就有三分之一的人倒下死了。

贪婪看到死了这么多人，她捶着胸大哭起来。她用拳头一次次击打着自己枯瘦的胸脯，哭着说："你杀了我三分之一的仆人，你走吧，鞑靼的大山里正爆发战争，双方的国王都在召唤你。阿富汗人正赶往战场，战士们都戴上了铁制的头盔，手里拿着长矛和盾牌，那里才需要你。①<u>我的山谷是和平的，你为什么迟迟不愿离开？你快点走吧，永远不要回来。</u>"

"不，"死神坚决地回答，"如果你不给我一粒种子，我是不会走的。"

贪婪紧紧地捂住口袋，咬紧牙关，说："休想从我这里讨到东西！"

死神又一次露出狰狞的笑容，他从怀里掏出一块黑石头，把它扔进了森林里，热病就像穿了一件火焰做的袍子，在森林里肆无忌惮地狂奔着，它所到之处，树木凋零，花草枯萎。

贪婪看到这一切，浑身直哆嗦，她抓了一把草木灰抹在额头上。"你这个魔鬼，"她

❶ 语言描写
如果真的想要死神离开，仅仅需要给他一粒谷子，可是在贪婪面前，这么多人失去生命，也不及她手里的一粒谷子重要。

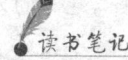
读书笔记

哭叫着,"你太残忍了。印度的城市里发生了饥荒;撒马尔罕的蓄水池一滴水也没了;埃及发生了饥荒,蝗虫像沙尘一样席卷各地,尼罗河的水漫过河岸。那里需要你,你快点上那儿去吧。"

"不行,"死神回答,"得不到我想要的谷子,我是不会离开的。"

"但你在我这儿什么也得不到。"贪婪说。

死神撇了一下嘴角,把手指伸进嘴里打了个呼哨,一个额头上写着"瘟疫"的女人从空中飞了过来,一群眼露凶光的秃鹰跟在她的后面。①她在山谷中盘旋着,不一会儿,山谷里的人就全死了。

贪婪一看什么也没有了,就尖叫着离开森林逃走了。死神跳上一匹红色的马,也策马而去。

②他们一走,山谷中藏匿的豺狼虎豹就钻了出来,丑陋的秃鹫闻到死人的气味也飞了过来,这些可怕的动物贪婪地啃食着人类的尸体,场面非常骇人。

少年国王看到这一切就哭了,他不解地

---

❶概括描写
因为死神和贪婪的争执,整个山谷的人都死去了,生命对于他们来说能算什么?那么现实中让这些人死去的贪婪又来自哪里呢?

❷场景描写
接二连三的灾难让这个山谷变成了人间地狱。

注释

撒马尔罕:中亚古城,位于现乌兹别克斯坦境内。

问:"这么多人,他们在这里干什么?"

"他们在寻找国王王冠上的红宝石。"身后突然传来一个人的声音。

少年国王被这突如其来的声音吓了一跳,急忙转过身,一个身穿朝圣者服装的人站在他身后,手里还拿着一面银镜。

少年国王问:"是哪一个国王?"

朝圣者举起手中的镜子,说:"看看这面镜子吧,你能看到他的样子。"

他往镜子里一看,里面是自己的脸,他大叫一声醒了过来。①他看到窗外太阳已经升起来了,寝宫在金色的阳光下更显得富丽堂皇,花园里的树上,几只小鸟在叽叽喳喳欢快地叫着。

不一会儿,宫廷内侍和国务大臣们都走了进来,他们行过君臣之礼后,毕恭毕敬地站在一旁。男侍把精美的王袍、王冠和权杖托在手里,等着它们的主人。

少年国王打量着男侍手中的这些器物,不得不承认,它们实在太美了,这是他见过的最精美的物品。他想起昨天晚上做的几个

①环境描写
寝宫清晨的宁静美好与少年国王在梦中所经历的那些可怕场面形成鲜明的对比,不得不让人感慨万千。

朝圣者:指参加朝圣的人们。

❶ 语言描写

少年国王再面对这些精美的物品时,内心早已发生了转变,因为他知道这些东西是怎么来的。

梦,于是对自己的臣子们说:①"以后不要再拿这些东西过来,我不用它们了。"

大臣们面面相觑,脸上露出惊讶的表情,随后有些人竟笑了起来,他们以为国王在跟他们开玩笑。

但少年国王又严肃地强调了一次,他说:"把这些东西拿走,以后不要再让我见到它们。今天虽然是我的加冕日,但我不想使用它们。因为这件袍子,是许多缺衣少食的人在悲惨的境地里织成的;红宝石里浸的都是人的鲜血;珍珠是用生命换来的。"然后他把昨天晚上做的三个梦讲给大家听。

大臣们听了之后都不敢相信自己的耳朵,他们交头接耳低声议论着,有人说:"国王一定是疯了,梦就是梦,顶多是个幻觉,怎么可以当真呢?②那些辛苦做工的人不就是为我们上层人服务的吗?为了几条生命,就该破坏这么庄重的仪式吗?难道为了同情播种的人,就不去吃面包?为了同情果园的园丁,就不喝葡萄酒了吗?"

❷ 语言描写

这种言论代表了上层阶级中最具代表性的观点,他们认为享受下层阶级提供的服务是天经地义的,下层阶级付出再多的血汗乃至生命,在他们眼中,也许还不如一件衣服或一顿饭重要。

宫廷内侍首先发话了,他说:"尊敬的陛下,请您把这些不切实际的想法放下,穿上这件王袍,戴上这顶王冠。如果没有王袍和王冠，人民怎么会承认您是国王呢？"

少年国王看了他一眼，说："是这样吗？如果没有王袍和王冠，他们就不认为我是国王了？"

"没有王袍和王冠，他们怎么会认得您是国王？"宫廷内侍解释说。

"我以为，有的人天生就是国王呢，"少年国王说，① "或许你说的是对的，可我还是不会穿这件王袍，也不会戴王冠。我当初什么样进来的，就什么样出去。"

他让一个比他小一岁的男侍留下，吩咐其他人退下。他用清水沐浴过后，打开了一个大箱子，从箱子里取出他曾经穿戴几年的束腰兽皮外衣和一件粗糙的羊皮披风，这都是他曾经在山坡上放羊时穿的行头。穿上衣服后，他又把那根驱赶羊群的牧羊竿拿在手里。

小男侍简直不敢相信自己的眼睛，他开玩笑道："陛下，我看见您穿好了王袍，拿起了权杖，可是现在还缺少一顶王冠呢。"

少年国王点点头，抬头看到窗外的野荆棘藤，于是他就爬到露台的栏杆上，折下一条长着叶子的藤条，做成一个圆环，戴在自

❶语言描写
在面对朝廷大臣和内侍的极力劝阻时，少年国王执意坚持自己的想法，因为他已不再沉迷于那些用下层劳动人民的血汗换来的华美之物了。

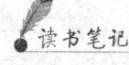
读书笔记

己的头上。

"现在王冠也有了。"他说。

① 他就这样穿着一身牧羊人的衣服走出寝宫，向大殿走去。臣子们都在那里焦急地等着他。

可一看他这种打扮出来，就有一个大臣喊道："陛下，人民在外边等着他们的新国王，他们等的可不是一个乞丐。"还有一个大臣生气地对众人喊道："他会让我们的国家蒙羞，他不配做一个国家的国王！"但年轻国王什么也没说，只顾向前走着，走下巨大的亮色云斑石楼梯，走出青铜大门，在侍卫的搀扶下跨上一匹大马，朝大教堂走去，小男侍小跑着跟在他的后面。

② 民众看到他的出现，都沸腾了，有人喊道："骑在马上的是国王派出来的小丑。"人群中爆发出一阵哄笑。

他勒马站住，大声宣布："我就是你们的国王！"然后给大家讲了昨天做的三个梦。

一个男子挤出人群，站在马前说道："陛下，请您明白，富人只有过着奢华的生活，穷人才有机会养活自己。您越是出手阔绰，我们才能更好地生活；您铺张浪费，我们就

❶ 动作描写
华丽的宫殿中，穿着牧羊人衣服的少年走了出来，迎接他的会是什么呢？是众人的拥戴还是恶意的嘲笑呢？

❷ 语言描写
民众并不理解这位少年国王，反而大加嘲笑，这也是古今多少英雄的悲剧。

能得到面包。给苛刻严厉的雇主工作，确实很累，可如果没有机会工作，靠什么生活？您以为天上飞的鸟儿会给我们叼来食物吗？从古至今都是这样，您为什么要改变它呢？所以，请您回到宫里，换好属于国王的服饰，普通人的生活和您又有什么相干呢？"

"穷人和富人不是兄弟吗？"少年国王问。

"话是没错，"那人说，"可穷人的富兄弟名叫该隐。"

少年国王的眼睛湿润了，眼泪在眼眶里打转，他骑着马穿过人群继续往前走。小男侍看到愤怒的人群感到害怕，偷偷地溜走了。

他骑着马来到大教堂巨大的门前，守卫把武器一横，严厉地喝道："你是什么人？这不是你来的地方，只有国王才可以进来。"

少年国王气得脸都红了，他大喊："我就是新国王。"说着，把他们的武器拨到一边，走进大门。

年老的大主教看见新国王一身牧羊人的打扮走进来，吃惊地迎上去，对他说："我的

注释

该隐：《圣经》中的人物，不义的该隐杀死了他的兄弟亚伯。

孩子，你怎么穿这样的衣服来了？你让我用枝条给你加冕，用木棍给你授权吗？你可知道，今天是你最荣耀的一天，而不是受屈辱的日子。"

① "难道快乐就必须穿着用血汗和悲伤织成的衣服吗？"少年国王说。然后对大主教讲了自己做的三个梦。

大主教皱着眉头静静地听完，说："孩子，我已经老了，在这个世界上经历得太多太多。我知道，这个世界上每个角落里都存在着邪恶的事情。残暴的强盗会把年幼的孩子从母亲身边抢走，把他们卖给摩尔人；狮子躲在灌木丛里，猎杀商队的骆驼；野猪把农民的庄稼连根拔起；狐狸偷吃果园里园丁辛辛苦苦种下的葡萄；海盗一次次上岸打劫渔民，把渔夫赖以生存的渔船烧掉；麻风病人孤独地躺在芦苇搭建的茅屋里静静地等死，没有人敢靠近他们；乞丐整日在街道上流浪，与野狗争食物。你觉得你自己能阻止这些可怜的事情发生吗？我问你，你愿意和麻风病人同床而睡，把乞丐请到饭桌前同吃一碗饭？还是狮子会听你的不去攻击牲畜，野猪服从你不去毁坏庄稼？怜悯的上帝难道

① 语言描写
说明少年国王的思想已经发生了质的飞跃，他所理解的快乐不应建立在他人的痛苦之上。

读书笔记

不比你更聪明？因此，我不赞成你这样做。我劝你还是回到王宫换回符合你身份的衣服，脸上带着快乐来到这里。我会亲自给你戴好皇冠加冕，把至高无上的权杖交到你的手里。①至于你做的梦，还是把它们忘了吧，这个世上的疾苦太多，仅靠你一个人是无法改变的。"

"在这圣殿里，上帝的注视下，你居然敢这么说？"少年国王不等大主教回答，就大踏步从他身边走过，登上圣坛的台阶，站在基督像的前面。

他跪倒在基督像前，神龛里的蜡烛发出明亮的光芒，他垂着头做着祷告，那些身穿洁净法衣的教士都悄悄离开了圣坛。

突然，一阵嘈杂的骚动声在门外响起，紧接着，大臣带领着侍卫手拿着出鞘的剑冲进教堂，"那个说梦话的少年在哪里？"他们叫喊着，②"那个穿着一身牧羊人服装的少年在哪里？把那个让我们蒙羞的少年交出来，他不配做我们的国王，我们要杀了他！"

少年国王没有理会他们，只顾低头祈祷。直到做完祷告他才站起身来，然后慢慢转过身去，用悲哀的目光注视着圣坛下的这

❶ 语言描写

作为一个德高望重的大主教，对于世上的不公和痛苦却采取了回避和无视的态度，麻木不仁，他其实根本配不上大主教的位置。

❷ 语言描写

因为少年国王拒绝奢侈，这样一来，就会损害这些大臣和侍卫的利益，所以他们才会不顾风险，想要杀了他。

群人。

这时，奇异的一幕发生了！明亮的阳光透过彩绘玻璃照射在少年国王身上，彩绘图案在他身上形成了美丽的图案，就算能工巧匠织就的王袍与之相比都显得暗淡无光。他手里拄着的牧羊竿上长出了比珍珠还要洁白的百合花，头上戴的藤条冠也长出了比红宝石还要鲜艳的玫瑰。此刻，他身上的装扮比国王的服饰还要圣洁。

①他目光坚定地站在圣坛上，镶嵌着宝石的神龛自动打开了，从光芒璀璨的圣体匣的水晶中射出一道金光。上帝把光辉洒向他的四周，管风琴奏出了音乐，号手吹响了小号，唱诗班的男童唱起了圣歌。

台下的人们敬畏地跪倒在地，大臣和侍卫收回宝剑，单膝跪倒，不敢注视国王的眼睛。大主教的脸色变得煞白，他浑身颤抖着说：②"上帝已经为你加冕，你的称谓实至名归。"然后也跪倒在地。

少年国王从圣坛上走下来，出了大门，骑上马回王宫去了，一路上没有一个人敢看他天使一样的脸。

❶ 场景描写
在少年国王的祈祷下，上帝终于响应了他的呼唤。环境变得一片圣洁祥和，少年国王在圣光照耀下终于成了真正的国王。

❷ 语言描写
通过大主教之口从侧面道出少年国王体恤民间疾苦的做法得到了上帝的认可，他的国王之位实至名归，他将来也必定是一个爱民如子的好国王。

精华赏析

本篇童话讲述了一个少年国王在即将加冕的前一晚做了三个奇怪的梦，梦醒之后，幡然悔悟，戒掉了之前的奢侈之风，然而却受到世人的嘲笑和不理解，最终在上帝的光芒中加冕的故事。

延伸思考

1. 少年国王的母亲是怎么死的？
2. 少年国王做了哪三个梦？
3. 少年国王最后加冕成功了吗？

相关评价

本篇童话从少年国王加冕的前夜开始写起，在做了三个体现人民疾苦的梦之后，少年国王放弃了内心的贪婪和对奢华生活无休止的渴望，而且没有因为自身力量微小就放弃对不公社会的反抗，最后感动了上帝，被加冕为国王。在作者的心中，这样的少年才是真正的国王。

公主的生日

名师导读

小矮人因为在公主的生日为公主做出滑稽的表演而让她很开心，就以为公主爱上了自己。当他认识到自己的丑陋和公主对他的嘲笑后，在羞愧中死去了。

今天是公主的生日，她刚满十二岁，王宫的花园里阳光明媚。

虽然她是一个地地道道的西班牙公主，但她和穷人家的孩子一样，都只能一年过一次生日。所以，她希望今天能快快乐乐地过一个属于自己的节日。①当然，对于整个西班牙王国来说，今天也是一个重要的日子，国王已经下令布置好了一切。花园里，高大的彩纹郁金香笔直地立在花梗上，像一排整齐

❶概括描写
因为她是尊贵的公主，所以她的生日对这个国家来说才会如此重要，也为后面让森林中的小矮人来表演做铺垫。

的士兵准备接受检阅，她们用高傲的眼神注视着对面的玫瑰花，说："现在，我们和你们没有什么两样，看，我们也像你们一样光彩照人。"① 紫色的蝴蝶挥舞着五彩斑斓的翅膀在花丛中飞舞。小蜥蜴谨慎地从墙上的裂缝里爬出来，爬到一块小石头上晒着太阳。石榴成熟了，被阳光一照都咧开了大嘴，露出里面红宝石一样的果实。沿着拱廊挂满了格子花棚架的淡黄色柠檬，它们的颜色更像是从金色的阳光中提取的，那样光彩照人。枝头的木兰花绽放着，散发着浓郁的香气。

　　小公主在她的玩伴的陪同下，在露台上欢乐地玩耍着，他们绕着石头花瓶和长满青苔的古石像玩捉迷藏。在平日里，她的父王只允许她和同阶层的孩子们玩，所以那个时候她注定是孤独一人。但这一天却例外，父王允许她邀请她喜欢的孩子们进宫陪她一起娱乐。这些从宫外来的西班牙孩子身体灵活，他们在花园里跑来跑去。男孩子们头上戴着插着羽毛的帽子，身上披着各色的短斗篷；女孩子们穿着长长的锦缎裙，用银黑两色的扇子给眼睛遮阳。② 公主当然是众人眼中的焦点。她的穿着也最为华丽，符合她高贵

❶ 环境描写
　　表现了宫廷生活的富足和美好。

读书笔记

❷ 外貌描写
　　详细描写了公主的衣着和头发，表现了公主地位的尊贵和享有的无限荣光。

的身份。她的袍子是灰色的缎子，裙子和宽大膨起的袖子上有用银丝线绣成的花，硬挺的胸衣上缀着一排排柔润的珍珠。她在走动的时候，从裙角不时露出一双缀着大朵粉红色玫瑰花结的小拖鞋。她拿着一把薄纱扇，粉红色的扇面上点缀着珍珠色的花纹。她一头金黄色的头发泛着光晕，在发髻上还插着一朵美丽的白玫瑰。

①国王站在宫殿的一个窗口用忧郁的眼神注视着这群无忧无虑的孩子。他的身后站着他所憎恨的兄弟——阿拉贡的唐·彼德罗，他的告解神父，格拉纳达的大审判官坐在他的旁边。此时，国王的心情比任何时候都沉重。因为他远远地看到公主神情庄重地，以一种孩子固有的稚气在对围着她的孩子们俯身答礼，还看见她用扇子挡着脸，嘲笑那位不离她左右，态度严厉的阿布奎克女公爵。他不禁想起自己的妻子，一位年轻的王后。就在不久前——对于这件事情他一直认为刚发生不久——她从快乐的法国嫁过来，却凋谢在这富丽堂皇却很阴暗的西班牙宫廷里。

❶神态描写

作为国王，在自己女儿的生日这天，为什么还会显得那么忧郁呢？引起读者的阅读兴趣，吸引读者继续看下去。

读书笔记

注释
格拉纳达：位于内华达山脉脚下，风景如画，是一座历史名城。

公主降生不到半年，她的母亲就去世了，没来得及看花园里的杏树第二次开花，也没来得及从那棵年久的无花果树上摘取第二年的果实，而今那个院子已经杂草丛生。国王爱自己的王后，他不愿和妻子分离，但坟墓却把他们永远分隔开来。一个摩尔人医生用香料保存了她的遗体。那个摩尔人曾因宣传异教邪说，加上有行巫术的嫌疑，被宗教判了死刑。但是因为他在保存王后遗体这件事上立了功，所以国王赦免了他。王后的遗体被存放在王宫里一座黑色大理石垒成的小教堂里，安放在一个绒绣停尸架上。她的容貌和刚被抬进去的时候没什么两样。每个月，国王总会抽出一个时间，穿上黑色的斗篷，手里提着灯笼，一个人走到教堂里，跪在王后身旁，轻声呼唤着她。在西班牙，礼节约束着人们的言行，就连国王的悲伤也要受到限制，所以他只能偷偷地看望去世的妻子。①他痛苦地抓着她那冰凉苍白的双手，疯狂地吻着她冰冷的脸，试图把她唤醒。

今天，他似乎又看到她了，就像在枫丹白露宫第一次看到她一样。当时，他还是一个十五岁的王子，而她更年轻。他们见面

读书笔记

❶动作描写
表现了国王对亡妻的爱恋和思念，也体现了森严的礼教对人思想行为的束缚，就连国王也不能例外。

没多久就订婚了。罗马教会的使节主持了订婚仪式，法国国王和西班牙的贵族都出席了。他返回西班牙时，带着她的一绺黄色卷发，也带着她在他手上留下香吻的记忆。随后他们举行了婚礼，但是婚礼是在匆忙中进行的，地点选在两国交界处的一个小城。随后他带着自己的妻子回到马德里，城中的百姓举行了热烈的欢庆仪式，又按照王室留下的习俗，在拉阿多奇亚教堂做了大弥撒，还进行了一次庄严的判处异教徒的仪式，将近三百个异教徒，其中包括很多英国人，被移交给执行部门，他们全被执行了火刑。

他对妻子的爱近乎疯狂。当时，为了争夺权力，西班牙和英国正在发生战争。许多人认为，他的这种行为会把国家带入灾难。他把妻子带在身边，不让她离开自己的视线半步，为了她，他可以把国家大事暂时抛开，或者说他完全忘了自己是一个年轻的国王。① 他被激情奴役，盲目地沉迷在自己的感情世界里。可是他却害了她，因为他为了取悦妻子，举行了各种繁复的礼仪活动，这

概括描写
因为国王实在太爱自己的妻子了，所以不管不顾地为妻子做一切事情。

注释
弥撒：天主教的一种宗教仪式。

加重了她的一种怪病。就这样，她死了。有一段时间，他像一个丧失理智的疯子一样。① 事实上，如果不是担心自己年幼的女儿落到他兄弟手里，他可能已经退位，他宁肯隐退到格拉纳达的大特拉普修道院去生活。但是，他的兄弟生性残忍，在国内，他落得了很坏的名声，甚至有人猜测，是他把年轻的王后害死的，理由是王后造访他在阿拉贡的城堡时，他曾送给她一副毒手套。在王后去世后，国王就颁布了法令，命令西班牙全体臣民服丧三年。直到服丧期满后，他也不允许大臣们对他提起联姻的提议。后来罗马皇帝派人传信，提出把自己美丽的侄女——波希米亚女大公嫁给他。可他拒绝了，他嘱咐使节回去禀告罗马皇帝，说西班牙国王已经和悲哀联姻，虽然她不能生育，但他愿意为她坚守终生。这个答复让西班牙损失惨重，国王失去了在富庶的尼德兰地区几个省份的王权，而且在罗马皇帝的煽动下，改革教派的一些激进分子发动了对西班牙的叛乱。

今天，当国王看到天真的公主在露台上和朋友们玩耍的时候，积压在他心头的那些快乐的日子以及后来的不幸，仿佛又回到眼

❶ 侧面描写
通过写国王为保护女儿而坚持不退位，从侧面表现了西班牙王室权力斗争的风云诡谲。宫廷生活的热闹繁华始终是表面的，而在这之下，是权力的斗争，兄弟的反目。

读书笔记

❶ 联想

王后去世之后，国王对她的思念与日俱增。所以他在看着年轻的公主时，会联想到王后，表现了国王对妻子深切的爱和怀念。

❷ 叙述

国王因为沉浸在对妻子的思念中不能自拔，在看到女儿无忧无虑的样子后难以自持，只能悄悄离开。这是一位多么痴心的国王啊！

❸ 心理描写

公主这时候还小，不懂得父王悲伤的缘由。

前。① 公主身上有王后的影子，比如她们任性起来都那么俏美；她们甩头时那种恣意的姿态、美丽而骄傲的神情、绝美的法国式的笑容，简直一模一样。她时不时地望向这里，或者伸出小手庄重地给西班牙贵族亲吻，这些都被他看在眼里。她的笑容灿烂无比，可是孩子们肆意的笑声又刺痛了他的耳朵。就连明亮的阳光仿佛也在嘲笑他的悲哀。一种淡淡的香味传来，就像用来保存尸体的香料，国王对这气味是熟悉的，可是这种香味却污染了早晨清新的空气。也许这些只是他产生的一种幻觉。他伸出双手捂住了脸。② 当公主再次抬头向这里观望的时候，窗帘已经拉下，国王已经离开了这里。

她看到父王已经离开，就耸了耸肩，把嘴噘了一下，感到有些失望。今天是她的生日，她原以为父王会陪在她左右的。那些听上去让人心烦的国家大事就那么重要？或许，他又去那个阴暗的小教堂了吧。那儿的蜡烛永远燃烧着，可奇怪的是父亲从来不允许她进入那间房子。③ 公主为父王感到惋惜，阳光这么明媚，人人都那么快乐而他却独自哀伤。号角声已经传来，假斗牛马上就要开始，她真担心父亲会错过精彩的表演，还有她喜欢的木偶戏及其他好玩的节目。在这一点上，她认为叔叔和大审判官表现得更近人情一些。他们刚才还来到外面的露台上，祝她生日快乐。她开心地摇了摇可爱的小脑袋，拉着唐·彼德罗的手，走下了台阶，向着搭在花园尽头的一个遮阳篷走去。她的伙伴们，按照身份的高低，依次跟在她的后面，姓名最长的走在最前面。

几个一身斗牛士打扮的贵族少年从遮阳篷里走出来迎接她。①其中一个年轻的新地伯爵——一个比她大不了几岁的英俊少年，以西班牙贵族天生的优雅，弯腰向她施脱帽礼，并庄重地把她引到看台上。一张镶金的椅子是专门给公主留的，她走到椅子边优雅地坐下。那些孩子就簇拥在她的周围，他们一边摇着羽毛扇，一边轻声交谈着。唐·彼德罗和大审判官面带笑容地站在入口处。公主的贴身侍女官——那位女公爵是一个身材纤瘦，长相难看，还总戴着有一圈黄色褶子的领子的女人，平时一脸的凶悍样，今天也改变了模样。虽然她的脸上带着笑容，可是明显和别人的不同，那种冰冷的毫无感情的

❶ 动作描写
公主虽然年纪还小，可是对于宫廷的礼仪早已十分熟悉。这是她成长的环境所决定的。

📝 读书笔记

笑容只是偶尔在布满皱纹的脸上掠过,并牵动一下那两片没有血色的嘴唇。

这次的表演很出彩。公主认为,虽然上次帕尔马公爵来访时,父王带着她到塞维利亚看过一场真正的斗牛表演,但是今天上演的假斗牛更为好看。几个身穿斗牛士服装的少年,骑着带有装饰的竹马,在场地上神气活现地奔跑,手里挥动着长枪,长枪上挂着浅黄色丝带做的幡,色彩十分鲜艳。① 还有几个少年徒步走在场地上,挥动着绯红的斗篷,只要"牛"向他们发起进攻,他们就敏捷地跳到栅栏外面。"公牛"表现得也很出色,凶猛而有力。实际上它是用柳条编织的架子,只是在外面蒙了一张牛皮而已,里面实际上也是一个少年。只见这头"牛"时而猛冲,时而蓄势待发,但它总是不屈服于斗牛士,绕着场子不停地跑,这是活牛怎么也做不到的。精彩的表演让孩子们兴致很高,他们站在长条椅上,挥动着手中的手帕,高喊着:"好勇敢的牛,好勇敢的牛。"他们表现得好像比他们的父辈们还懂得欣赏斗牛表演。这场斗牛表演持

❶ 场景描写
描述了宫廷中假斗牛的娱乐场景。

📝 读书笔记

注释
塞维利亚:位于西班牙西南部,历史悠久。

续的时间真不短，表演期间，有几匹竹马还挂了彩，被牛角顶透了。骑马的少年不得不下马。最后，还是年轻的新地伯爵制服了"公牛"，让它俯首跪在地上。他请求公主允许给予"牛"最后的慈悲的一击，公主点头同意了。新地伯爵就将一把木剑刺进了"牛"的脖子里，可是由于用力过猛，直接把牛头砍了下来，于是里面的表演者露出了真容，原来是法国驻西班牙大使的儿子。

看台上的人们回报以最热烈的掌声。随后，宫廷的工人们把场地清理干净，两个身穿制服的摩尔人男侍一起把竹马架子都运了出去。在打扫的过程中，马戏团的表演者们为大家奉献了精彩的演出。首先，是一个法国杂技大师表演了一段走绳子。然后，在一个专门搭建的小舞台上，①一个意大利木偶剧团表演了古典木偶剧《索芬尼斯芭》。表演者的技艺很精湛，木偶们的动作像真人一样自然，表演结束后，公主被剧情感动得直掉眼泪。还有其他几个孩子也哭了，大人们只好拿来蜜饯去安慰他们。大审判官也很受感动，他对唐·彼德罗说，虽然这些木偶不过是木头和彩蜡制成的玩意儿，靠着人力的操纵机械地活动着，但也要

读书笔记

❶叙述

结合前文可以看出，这是一位心地善良的公主。

遭受厄运的摧残，真是令人同情。

　　随后一个非洲人表演杂耍，只见他手里提着一个扁平的大篮子，上面蒙着一块红布。①他把篮子放在场地的中央，然后从腰间拔出一根芦笛，对着篮子吹了起来。这时，红布下面有了动静。随着笛声越来越高亢，两条金绿相间的蛇从里面钻了出来。它们挺直了身体，随着音乐声来回扭动着，就像水草在水下摇曳。可是蛇的长相还是令孩子们感到恐惧，尤其是它们吐出的长长的信子，让人看了不寒而栗。这个节目表演完了，非洲人又接着表演魔术。他先是从一堆沙土中变出一棵小橘子树，然后用布遮住，当他再次把布掀起时，橘子树上已经开满了花，然后又用布遮住，再掀开时，橘子树上已经结满了果子。孩子们这才从看蛇的恐惧中缓过劲来。非洲人从拉斯·托雷斯侯爵的小女儿手中借走一把扇子，身子一转就将它变成了一只小鸟，他手一扬，鸟儿就叽叽喳喳地飞走了。孩子们惊喜地发出欢呼声。之后，皮拉尔圣母院礼拜堂跳舞班的男孩子们，表演了庄严的米奴哀舞，他们的表演也受到露台上孩子们的欢迎。这种仪式是每年五月在圣

❶ 场景描写
　　详细描写了来自非洲的杂耍艺人表演的场景，令人身临其境地感受到那些表演的精彩。

读书笔记

母的圣坛前举行的，用来颂扬圣母的荣光，可公主还是第一次看到。当年有个疯狂的教士，人们怀疑他是受了英国女王伊丽莎白的指示，企图下毒谋害阿斯都里亚王子。也就是从那时起，西班牙王室成员再没有一个人进入过萨拉戈萨大教堂。所以，公主只是听说过有一种"圣母舞"，却从不曾看过。现在她看到这种舞蹈，她认为这确实是一种很美的舞蹈。表演者穿着老式的白色天鹅绒宫廷装，奇特的三角帽边沿装饰着白银流苏，帽顶上竖着大束的鸵鸟羽毛。他们在舞台上表演时，阳光洒在他们身上，显现出一轮银色的光晕。他们优雅的舞姿、庄重的鞠躬，让人看了为之着迷。表演结束，他们摘下帽子弯腰向公主致意。公主也起身回礼，并宣布要送一支大蜡烛到皮拉尔圣母的圣坛上去，报答舞者们给她带来的欢乐。

　　紧接着，又上来一队漂亮的埃及人——这是当时对吉卜赛人的称呼。他们进入表演场地，一个挨一个盘腿坐下，围成一个圆圈，然后弹奏起齐特琴，他们一边弹奏，一

注释

齐特琴：一种欧洲的拨弦乐器。

边有节奏地扭动着身体。这是一首优美的曲子，人们都静静地听着。当这些演奏者发现唐·彼德罗也在场时，有些人脸上露出了怒容，而有些人眼神中则表现出恐惧。因为就在不久前，他在塞维利亚的市场上吊死了他们的两个朋友，罪名是行巫术。但是公主却被他们的表演迷住了，他们看到公主坐在椅子上，一双迷人的大眼睛从扇子后面紧盯着这里，这才放下了心。①他们觉得这么可爱的小公主，是不会忍心伤害任何人的。所以他们就放下心来认真地表演着，他们用长长的指甲拨动着琴弦，头往前探着，像是瞌睡了一样。这时，其中一位演奏者发出一声吼叫，把所有的孩子吓了一跳。唐·彼德罗的手立即放在短剑的手柄上。这时吉卜赛人全站了起来，他们疯狂地拍打着手鼓，一边围着围栏转圈，一边用一种奇怪的语言，唱着高亢的情歌。突然又一声吼叫，他们齐刷刷地扑倒在地上，一动不动，只有中间一位表演者还在弹奏着齐特琴，这时的琴声显得孤独而苍凉。他们表演完后，就排着队下去了。过了不大一会儿，他们又牵着一头肥壮的棕熊，肩上扛着几只猿猴上场了。那只棕熊听

❶ 侧面描写
通过旁人的感受表现小公主的可爱和善良。

读书笔记

到主人的号令，立即倒立起来。那些瘦瘦的猿猴和两个男孩子表演起滑稽的把戏，两个男孩子看起来是猿猴的主人。猿猴在主人的指挥下，拿起很小的剑进行打斗，还有的扛起火药枪，像国王的正规军在校场上操练一样。孩子们被这群动物吸引了，吉卜赛人的表演非常成功。

整个上午，精彩的娱乐节目不断地上演着，但让孩子们最开心的还是滑稽表演。这种表演让孩子们忍俊不禁，即使最优雅的公主也被逗得开怀大笑。这其中最逗人开心的无疑是小矮人跳的舞蹈。小矮人刚一出场就牢牢吸引住了露台上每个人的目光，①他蹒跚着迈动两条罗圈腿，畸形的大脑袋左晃右摇，刚一进到表演场地人们就报以热烈的掌声。公主被逗得哈哈大笑，她的侍女官——那位长相丑陋的女公爵就急忙出来提醒：在西班牙，一个公主在同等地位的人面前哭是被允许的，但是在比自己地位低的人面前肆意大笑是有失身份的表现。可是，那小矮人的滑稽表演实在让人难以控制地想发笑。西班牙宫廷向来不缺少恐怖的传闻，但从来没有真正出现过这么奇怪的人。小矮人也是

读书笔记

❶动作描写
小矮人终于出场了，从他的出场方式就可以知道，他是个滑稽演员。

❶心理描写

小矮人因为一直住在森林里面，从来没有见过外面的世界，所以才不觉得自己与别人有什么不一样，这也决定了他的善良和单纯。可是他的父亲都嫌弃他，可想而知他也没有什么朋友，一直处在很孤独的生活状态之中。

❷心理、动作描写

小矮人第一次见到美丽大方的公主，就已经被迷得神魂颠倒了！

第一次登上舞台表演节目，事实上他是在前一天才被人发现的。当时，他在一个大树林采蘑菇，有两个贵族的打猎团来到这里，他们发现了这个长相奇特的人，就把他带到了王宫，要给公主一个惊喜。小矮人的父亲是一个烧炭夫，他一直把自己的孩子当作是累赘，能有机会摆脱这个无用的孩子，这个父亲可乐坏了。①这个孩子却很乐观，他从来也没意识到自己古怪的长相与别人有多大的不同。他充满热情、情绪高昂地尽情表演着。孩子们被他逗乐的时候，他也笑着，而且和所有孩子一样，笑得那样天真，那么自在。每当一支舞跳完，他就用一种特有的滑稽的动作弯腰鞠躬，并向孩子们报以真诚的微笑，仿佛他也是这群孩子中的一员，他没有意识到在大家眼里，他只是一个奇形怪状的人物，是专门来搞怪取悦大家的。②公主不仅是这群孩子里最漂亮的，而且十分端庄，这让没有见过世面的小矮人为之着迷。他的眼睛一刻也没有离开过公主，仿佛自己是在为她一个人表演。演出结束的时候，公主记起一件事，有一回她参加一个演唱会，一位宫廷贵妇向加法莱利扔花束。加法莱利是意大利著名的男高音歌唱家，当时教皇把他派到西班牙来，希望能用他动听的歌喉治愈国王心中的创伤。小公主想到这里，就从头上把那朵白玫瑰摘了下来，一半是为了玩笑，一半是为了捉弄侍女官，她脸上带着笑容把花丢给了小矮人。①而他却把这件事当作非常荣幸的事情，他接过玫瑰，把右手心放在心口上，然后闻了闻那朵白玫瑰，接着单膝冲着公主跪倒，笑得合不拢嘴，小眼睛里闪烁着快乐的光芒。

这个举动更把公主逗得开怀大笑，她也不顾自己的庄重，捂着嘴吃吃地笑着。小矮人退出场地很久了，小公主还沉浸在快乐中，她对叔叔说，这个表演很精彩，她希望能立刻再看一遍。但是侍女官立即过来了，说快到中午了，阳光实在太强了，她希望公主能回到宫殿里，宫殿里已经为她准备好了宴会，有一个巨大的生日蛋糕正在等着她。她形容说，蛋糕上用彩色的糖汁写着她的姓名和祝福语，蛋糕顶上还插着一面可爱的银色小旗帜。公主被蛋糕吸引了，她庄重地站起来，吩咐小矮人午睡过后再给她跳一次舞，然后对新地伯爵表示感谢，并表示这

❶动作描写

在接到公主的花之后，小矮人十分开心，他以为这是幸福的开始，殊不知这是悲剧的开始。

读书笔记

是她过得最快乐的一个生日。公主起身回宫了，她的那些朋友们还按来时的顺序跟在她的身后。

小矮人一听说下午还要专门给公主表演舞蹈，而且是她本人下的令，他感到骄傲极了。①他跑到花园里，心醉神迷地亲吻着那朵白玫瑰，高兴地做着一些自认为优雅的姿势。可他不明白，他的动作在别人眼里是荒诞可笑的。

花园是美丽鲜艳的花儿们的家，这么丑陋的一个怪物出现在这里，让她们感到愤慨。当花儿们看到小矮人蹦蹦跳跳地在花园里跑来跑去，手中举着白玫瑰不停地挥舞着时，她们再也控制不住内心的不满了。

②"这人长得实在太丑了，他的出现会让我后悔今天睁开眼睛。他不该出现在这里！他会玷污我们的美丽！"郁金香首先发话了。

"我真想给他喝一杯罂粟汁，让他睡上一千年，或者干脆不要再醒过来。"一株绯红色的百合愤怒地说。

"他不仅长得难看，而且太吓人了！"仙人掌也发表意见，"他的样子就像一个冬瓜，他的四肢和脑袋不成比例。看到他我感

❶ 动作描写
表现了小矮人内心的激动。

❷ 语言描写
表现出郁金香对小矮人的鄙夷和不屑，同时也从侧面说明小矮人的外貌的确十分丑陋。

觉浑身难受，如果他敢靠近我，我会毫不犹豫地把刺扎进他的身体。"

"可惜，他得到了我身上最漂亮的一朵玫瑰花，"玫瑰树痛心疾首地说，"那是我今天送给小公主的生日礼物，现在却落入到他的手里，他不配拿着那朵玫瑰。"于是她大叫着："小偷，小偷！"

红色的天竺葵，平时没有端过架子，而且大家也知道她有许多穷亲戚。①可是连她们看到小矮人都流露出厌恶的神色，她们蜷缩着身子生怕被他碰到。紫罗兰们评论说，他确实很平凡，但这并不是他的错。天竺葵摆出一副公平的姿势反驳说，那是他的缺陷，没有理由因为他的缺陷不能改变而去恭维他。部分紫罗兰认同这个观点，他们认为小矮人没有认识到丑陋是一种缺陷，反而自欺欺人地觉得是自己的优势，如果他能带着满脸愁容，也许还能得到大家的同情，可是他蹦蹦跳跳比正常人还要快乐，这是不能容忍的。

老日晷是这里地位显赫的人物，而且资历也最长，他曾经向一个非凡的人物报告过时间，这个人就是查理五世。虽然见多识

❶神态、动作描写

在王宫的花园里，天竺葵是出身最低微的。可是就连她也随波逐流，顺着大家的话，嫌弃小矮人的外貌，流露出厌恶的神色。

读书笔记

❶ 语言描写

老日晷在花园中属于德高望重的老前辈，可是他认为阶级固化是无法改变的，小矮人就应该丑陋，就应该被人取笑。

❷ 场景描写

描绘了小矮人在森林里生活时无忧无虑的快乐场景，同时结合下文，写小矮人虽然长相丑陋，但心地非常善良。

广，但他看到小矮人时也被吓了一跳，那根长长的用来指示时间的手指足足停顿了有两分钟。他对一只晒太阳的白色孔雀说："①人人都知道，国王的孩子注定是国王；烧炭夫的孩子生下来就是烧炭夫，这是无法改变的。"孔雀完全赞同这位长者的高见，她尖叫着说："当然，一定没错！"她尖锐的声音非常刺耳，让喷泉池子里的金鱼们也好奇地把头探出水面一探究竟。

但是，花园里的鸟儿是喜欢小矮人的。②鸟儿们曾经在森林里见过他，看见他快乐得就像一个精灵一样，追逐着飞落的叶子跳舞，还看见他蹲在一棵老橡树下，把他的坚果分给松鼠们吃。所以鸟儿一点儿都不认为他是丑陋的。就像夜晚才出来歌唱的夜莺，她的歌声那么动听，就连月亮也会俯身静静地欣赏，可她的模样也不是很好看呀。另外，小矮人对鸟儿也很友好，在可怕的冬季，到处找不到浆果，地面也冻得像铁一样坚硬，狼群都跑到很远的地方去找食物了，他却没有忘记这些鸟儿，他总是把自己的黑面包掰碎，一点一点地分给他们，无论他的食物多么少，他也总跟鸟儿们分享。

此刻，鸟儿们围在他的四周飞翔，飞到他的旁边时总会用翅膀轻轻碰碰他的脸，还对他叽叽喳喳唱着欢快的歌。①小矮人也将自己的快乐与他们分享。他拿着那朵白玫瑰给他们看，对他们说，花儿是公主亲自交给他的，因为她爱他。

鸟儿们听不懂他说的话，但没有关系，因为鸟儿把脑袋偏向一旁，看上去就像人们听懂了一件事后在点头。

蜥蜴们更是喜欢他。小矮人跑累了，躺在草地上休息时，他们就会爬到他身上来，乱蹦乱跳讨他的欢心。"不是谁都像蜥蜴一样美丽，"他们嘟囔着，"那样的期望看起来实在太高了。虽然这种说法听上去有些荒唐，但是他看起来并不丑——当然了，假如把眼睛闭上，不看他的话。"蜥蜴有着极强的哲学思维，如果一天闲着没事，或在下雨天出不了门的情况下，他们会三三两两地坐在一起思考，常常能冥想一个又一个钟头。

可是，鸟儿和蜥蜴对小矮人表现出的亲近惹恼了这些花儿，她们愤怒地说：②"这只能说明，在草地上蹿来蹦去、在天上飞来飞去，会受到低俗的影响。只有受过良好教育

❶ 语言描写
小矮人已经沉浸在对小公主的爱慕之中，并认为公主也深深地爱着他。

✎ 读书笔记

❷ 语言描写
花儿们因为厌恶小矮人，所以也对和小矮人亲近的动物们充满了偏见。

读书笔记

❶语言描写
花儿们并不了解小矮人的内心，只是因为他外貌丑陋，就对他大加羞辱，表现出这些外表美丽的花儿内心的肤浅和无知。

❷心理描写
小矮人以为公主深爱着自己，所以心中充满了对两人美好未来的幻想。

的人才会待在一个地方不动，我们就是最好的证明。谁见过我们在花园里上蹿下跳过？或者像疯了一样追逐一只蜻蜓？我们需要换空气的时候，会把园丁叫来，他会把我们搬到空气新鲜的地方。这叫什么？这叫尊贵！而且我们就该享受这样的待遇。可是鸟儿和蜥蜴却没有安家的概念，鸟儿甚至不会在一个地方常住。他们和游荡的吉卜赛人没什么两样，所以就该受到吉卜赛人那样的待遇。"

于是，她们都把鼻子翘到空中，露出一副傲慢的表情。过了一会儿，她们看到小矮人从草地上爬起来，穿过露台，走向王宫。她们这才重新高兴起来，因为这个让她们厌恶的人终于离开了。

①"他的后半辈子一定会在室内度过，这对我们并没有坏处，"她们说，"看看他的驼背和罗圈腿，真让人受不了！"说完，她们相视一笑，乐开了花。

当然，这一切评论小矮人是毫不知情的。他深爱着鸟儿和蜥蜴，认为美丽的花儿也不能与他们相提并论，当然，除了公主给的那一朵白玫瑰。因为她爱他，那她给的就是世界上最美好的了。②他甚至想象着把公主带回到森林里。那样的话，他就可以时时刻刻陪伴在她的左右，永远也不离开她。她可以做自己最好的玩伴，他也可以把自己会的一些把戏教给她。他的手很巧，他会用灯芯草编蝈蝈笼子，然后把蝈蝈装在里面让他唱歌。他也会用长长的竹子，雕刻成笛子，吹奏出悠扬的音乐。他熟悉每一种鸟儿的叫声，他的口哨能把欧椋鸟从树梢上叫下来，把在浅水滩的苍鹭唤到岸边来。他也了解每种动物的足迹，能够追着野兔细小的脚印找到他的家，能够根据被野猪踩过的树叶找到他的洞穴。他也知道四季不同的风跳怎样的舞蹈——风穿着绿裙在春天的花园里跳舞，风穿着蓝裙在夏季的谷场中跳舞，风穿着红衣在秋天的果园里跳舞，风戴着雪冠在冬季的雪地里跳舞。他知道斑尾林鸽喜欢在什么地方筑巢。① 有一次，捕猎的人捉走了两只老斑尾林鸽，他就在一棵被砍掉树梢的榆树的裂缝里，为失去父母的小鸟造了新家，并照顾它们长大。它们对他很亲近，习惯了每天早晨从他手里啄食谷粒。小矮人心想，公主一定很喜欢小鸟，也会喜欢在草丛中出没的野兔，还有长得像黑武士的松鸦，还有能

❶ 正面描写

正面描写小矮人对鸟儿们的照料，突出了他的善良，正是因为这样，鸟儿才会喜欢他。

❶ 场景描写
小矮人幻想着与公主生活在森林里的快乐场景，心中充满幸福，然而他却没有想过，他所爱的森林，不一定是公主的向往之所。

缩成小刺球的刺猬，还有整天慢吞吞的老乌龟。想到这儿，他觉得更有必要请公主去森林里一趟，让她见识一下森林里的乐趣。他会把自己的小床让给她睡，①他会充当她的侍卫站在门外，保护她不受到野牛的袭击，让饿得眼露绿光的豺狼离她远远的。太阳露出头时，他会轻轻叩窗，把她叫醒，然后他们肩并肩来到外面，跳一整天的舞。森林里真是一个快乐的地方，一点也不会让人寂寞。也许，会有一个骑着骡子的主教经过，边走边仔细地读着手里捧着的书。有时，放鹰人也会出现在森林里，他们戴着绿丝绒做成的帽子，穿着鹿皮做成的无袖紧身衣，手腕上稳稳地停着鹰。葡萄成熟的季节，酿葡萄酒的人就会来到这里采摘葡萄，他们的手和脚都被染成紫色，头上戴着用常春藤编织的花环，怀里抱着装着葡萄酒的酒囊。晚上，烧炭夫们就会围在一个大火盆周围取暖，一边聊着天一边等着干木柴烧成木炭，不时把栗子埋在还有余温的灰烬中烘烤。强盗们从山洞走出来，和他们坐在一起取乐。还有一次，他看到一个长长的马队，蜿蜒行走在通往托雷多的小路上。马蹄扬起尘土，僧侣走在队伍的最前头，唱着动听的经文，扛着鲜艳的旗帜和十字架。紧随其后的是穿盔戴甲的士兵，他们手里拿着火绳枪和长矛，士兵中有三个光着脚的人，他们穿着样式奇特的黄色衣服，衣服上绘着奇怪的图案，每人手里都举着点燃的蜡烛。①当然，森林里还有很多有趣的东西可以看。如果她累了，他会把她带到小河的岸边，那里长着柔软的青苔，一定不会比她睡的床差，他也可以把她抱起来继续走，他虽然个子不高，但力气还是有的。他还打算用野莓给她做一条项链，那会和她衣服上装饰的白果子一样可爱。如果她对这些鲜艳的果子感到厌倦了，他也可以再换一些别的东西做饰物。他会摘些橡碗和浸透露水的银莲花，再找一些萤火虫点缀在她金色的头发里，就像头上挂了一个个小星星。

②可现在，他找不到她在哪里。他问白玫瑰，白玫瑰一句话也不说。整个王宫仿佛都在沉睡，就连没关上百叶窗的窗户，也拉下深色的窗帘来阻挡刺眼的阳光。他围着城

❶ 场景描写

小矮人幻想了许多和公主在一起的场景，在他的想象中，公主是深深地爱着他的，是无论如何都愿意和他在一起的。

❷ 概括描写

可是当回到现实中时，小矮人却连公主在哪里都找不到。

注释

橡碗：橡树果子的外壳。

堡找啊找啊，希望能找一个入口进去，最后他终于找到一扇没有关闭的便门。他悄悄地溜了进去，他一进去就睁大了眼睛，这个厅堂的华丽景象是他从没有见过的，这是他的森林所不能比的。桌上、柜台上摆放的都是精美的物品，让他看得眼花缭乱。就连地板也是彩色的石砖铺成的，它们巧妙地拼成一个个几何图案。小矮人左顾右盼，还是没有找到公主。只看到几尊漂亮的白色雕像，雕像的脸上带着奇怪的笑容。

他一直朝前走，直到走到厅堂的末端，在一堵墙上悬挂着一张绣着黑天鹅的帷幔，天鹅的周围点缀着星星和太阳。小矮人不知道，这是国王最中意的一幅图案，而且用的颜色也是他喜欢的。① 公主是不是藏在帷幔的后面？他想，无论如何也要掀开看看。

于是，他就轻轻地把帷幔拉开，公主没藏在这里。不过这帷幔后面还有一个房间，这一间比他刚经过的那个厅堂更加漂亮。墙上挂着一幅挂毯，上面绣的场景是狩猎图，这是几位佛莱芒艺术家用了七年时间织就的

> **读书笔记**

> **❶ 心理描写**
> 这时候小矮人的心中只有美丽的公主，为了公主就是上刀山下火海他也在所不辞。

注释

佛莱芒：古代地名，现分属法国、比利时、荷兰三国。

艺术珍品。这个房间曾经是一位国王的寝室，那是位出了名的疯子国王，又称"傻约翰"。他对打猎喜欢到了近乎痴迷的地步，每到精神错乱的时候，他就会幻想着自己跨上挂毯上那匹高头骏马，拖拽着被一群发疯的猎犬围住的一头公鹿，用短剑击中那头惊慌失措正在逃跑的母鹿。但是现在，这间房间被用来当作会议室了，中间的会议桌上，摆放着大臣们记录会议内容的文件夹，文件夹的红色封皮上有烫金的西班牙郁金香，还有代表皇室的盾形徽章。

　　小矮人对一切都显得那么好奇，他瞪着好奇的小眼睛仔细地观察着，但同时他也感到有些害怕，他不敢再往里走了。画中的那些人一言不发，骑着马飞快地穿过一片丛林却听不见任何声音，在他看来，这些人就像烧炭夫给他讲过的可怕幽灵——坎普拉克。这是一个昼伏夜出的可怕的家伙，一旦遇到人，就会把他变成雌马鹿，然后残忍地把他杀了。但是一想起漂亮的公主，小矮人心里又充满了勇气。①他甚至希望，他找到她的时候，最好她是一个人。那时，他会告诉她，他也爱她。也许，走到下一个房间就能见到

读书笔记

❶心理描写
　　在见识到这么多让人害怕的场景之后，小矮人没有丝毫的退缩，因为他心中美丽的公主让他变得勇敢无畏。

她了。

他顺着柔软的地毯跑过去,推开另一个房间的门,还是不见公主,房间是空的。

这是一间觐见室,是国王用来接见外国使臣的地方,国王最近很少使用这个房间。还是很多年前,在这里,英国公使谒见了国王。当时的英国女王是欧洲天主教君主之一,公使此行的目的是安排女王和国王长子的婚事。① 这个房间也挂有帷幔,是用镀金的科尔多瓦皮革做的。黑白相间的天花板上,吊着一个巨大的枝形烛灯,上面足足可以插三百支蜡烛。一个金布做的华盖上,用小珍珠绣着狮子和卡斯提尔的塔。华盖的下方是国王的宝座,宝座被一块黑色的天鹅绒罩着,罩子上绣的是白银的郁金香,四周缀有白银和珍珠的流苏。宝座的第二级台阶上放着公主的跪凳,上面放着银线布的垫子。台阶的下方,摆放的是教皇使节坐的椅子。有重大活动的时候,只有教皇使节有权坐在国王的下方,椅子前还有一把紫色的小凳子,

❶ 环境描写 表现国王生活的奢侈。

读书笔记

注释

卡斯提尔:地区名,中世纪晚期,欧洲各国往往将卡斯提尔与西班牙等同起来。

是用来放使节的主教帽的。宝座对面的墙上，挂着一幅真人大小的肖像画，那是查理五世的猎装像，他的旁边蹲着一只大獒。另一面墙上挂的则是菲利普二世接受尼德兰诸省宣誓效忠的画像。在两扇窗户的中央，立着一个黑檀香木打造的陈列橱，橱板上嵌有象牙碟，碟子上刻着栩栩如生的人物。

①但是，小矮人对这些东西丝毫不感兴趣，就是现在有人愿意拿华盖上的所有珍珠换他手里的玫瑰他也不愿意，就算拿宝座换他一片玫瑰花瓣他也不肯。他现在心里想的，只是在公主去遮阳篷之前能见到她，请求她在他下午跳过舞之后，能同意和他离开这里。在这里，在这王宫里，一切都毫无生气，感觉空气那么沉闷。②森林里却不同，那里每天都有新鲜的事情发生，风儿自由地从林中穿过，太阳毫不吝啬地把金色的阳光洒向每片树叶。如果喜欢花儿，森林里的花儿也不比这里花园的少，虽然不如皇家花园的花儿华美，但同样散发着迷人的清香。春天一到，风信子就开花了，在长满青草的小山

❶心理描写
小矮人单纯、善良，那朵白玫瑰代表着他最为珍贵的爱情，在他心中，爱情是千金不换的。

❷环境描写
小矮人没有忘记自己从哪里来，只想带着美丽的公主回到森林里快乐地生活。

注释
尼德兰诸省：位于今天的荷兰、比利时、卢森堡和法国东北部一带。

丘上，荡漾起紫色的花浪；黄色的樱草围绕在橡树根的周围安家，还有鲜亮的白屈菜，蓝色的婆婆纳，淡雪青色和金色的鸢尾。榛树开花的时候，就会引来蜜蜂的光顾，铃铛一样的斑纹花弯着腰，沉甸甸的。栗子树有它们自己的塔尖和白色星星，山楂树有它们自己的苍白美丽的月亮。只要能找到她，他想她会毫不犹豫地跟自己去那美丽的森林里。这个想法让他心里充满快乐，快乐的光芒在他眼睛里闪烁着。接着，他走进下一个房间。

他看过许多房间，他认为这是阳光最充足、装饰最漂亮的一间。墙上覆盖着粉红花底的卢卡锦缎，上面绣着鸟儿的图案，银线绣成的星星点缀其中。家具是由大块的白银做的，上面有花环和可爱的小爱神。两个大壁炉前立着巨大的屏风，屏风上装饰着鹦鹉和孔雀。地板上铺着海绿色的玛瑙，仿佛一直铺向远方。可是他突然发现房间里并不是他一个人，在房间的一角，一个门框型的东西里，他看到一个小人在望着他。他的心猛地一颤，嘴里发出轻声的惊叫，缓缓退出门外，站在阳光里。他做这些的时候，框里的小人也在做这些，他看清楚那是什么了。

天啊，这是一个怪物，他从来没见过这么难看的人。他看到过的所有人体貌都是正常的，但这个怪人却不是。①他的背驼着，四肢弯曲，细小的脖子上顶着一个硕大的脑袋，头上长着鬃毛一样的头发。小矮人看到这里皱着眉头笑了起来，那怪物也皱着眉头笑着，而且跟他一样，把两手贴在身体的两侧。他感到很奇怪，就看着框里的怪物弯腰鞠躬，那怪物也是这么做的。他向框子走去，怪物也迎上来，总之，他做什么动作，怪物都会一点儿不差地做什么动作。他走近了框子，伸出手去碰怪物伸出的手，他感到对方的手冰凉，没有一丝温度。他害怕地把手移开，那怪物也照做了。他想到怪物站的地方去，可发觉有一个光滑坚硬的东西在前面挡着。现在他的脸和怪物的脸靠得很近，他发现似乎对方的脸上充满了恐惧。他把头发捋到耳后，怪物也在这样做。他向怪物挥拳头，怪物也狰狞地举起了拳头。他生气了，冲着怪物做鬼脸，那怪物也是如此。他向后退，怪物就后退。

它是什么怪物呢？他盯着怪物想了半

❶ 外貌描写

前文是通过别人的视角侧面描写小矮人的外貌，这是第一次对其外貌进行正面描写。

读书笔记

天，然后又看看四周，他这才惊讶地发现，那面水一样清澈的墙壁里，有他这边所有东西的复制品。这里有张椅子，对面也有；他身后的墙上悬挂着一幅画，对面也有；这边门边的壁龛里躺着法翁像，对面也有；这边有站在阳光里的银质维纳斯像，对面也有。

①它难道是回音？回音他是知道的。有一次他在山谷里大喊，马上就有相同的声音回应他。回声可以模仿声音，是不是也可以模仿物体？比如模仿出一个一模一样的世界来？物体的影像也可以有生命、颜色或动作吗？有没有可能是……

想到这里，他开始紧张起来，从胸口里拿出那枝洁白的玫瑰花，转过身，轻轻地吻它。那怪物也变出一枝白玫瑰，颜色与形状和自己手里的一模一样！他也模仿自己的动作去亲吻玫瑰花，然后用可怕的姿势把它按在胸前。

他恍然大悟，明白了事实的真相，②他绝望地大叫一声，痛苦地呜咽着慢慢蹲在地上。原来自己就是那个家伙，弯腰驼背顶着

❶ 心理描写
小矮人在猜测他看到的奇异景象，而答案也越来越接近了。

❷ 动作描写
小矮人终于明白镜子中的那个怪物就是他自己，我们可以想象这时候他的内心是多么难过。

注释
法翁：古罗马神话中主管畜牧的神，半人半羊，生活在树林里。

一个大脑袋的畸形人，一个自己看了都会生厌的怪物！他想起刚刚他的表演，看台上孩子们肆意地大笑，原来是在取笑他。他以为公主爱上了自己，现在他明白了，公主只是拿他取乐，嘲笑他的丑陋。他们为什么要把自己从森林里带出来？他在那里无忧无虑，没有镜子会告诉他，他的长相如此可憎。①父亲为什么不干脆杀了他，反而把他送到这里来受辱？想到这儿，他的眼泪止不住地奔涌而出。他疯了一样把白玫瑰撕得粉碎。然而，镜子里的怪物也在做这一切。他抬头望过去，看到镜子里那张充满痛苦的脸。他闭上眼睛，不想再看一眼自己的样子，随后他慢慢站起来，像一只受伤的小动物，爬到阴暗的角落里，去独自哭泣。

这时，小公主带着一群小伙伴从门外走了进来，发现躲在角落里的小矮人蹲在地上用拳头不住地捶着地，样子极其夸张可笑，便围在他的周围观看。

"他跳的舞我很喜欢，"公主说，"他演戏也不错，他演得和那些木偶一样好，比木偶演得更自然。"她摇着羽毛扇，对小矮人的表演给予肯定。

❶ 心理、动作描写
在明白了一切之后，小矮人痛苦到了极点，曾经无比珍视的公主送他的玫瑰花也被他撕得粉碎。

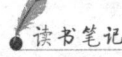
读书笔记

他们在议论小矮人的时候，小矮人的头一直埋在双膝里，没有抬头看一眼。他的呜咽声渐渐弱下来。突然，他双手捂住心口的位置大口大口地喘气，然后他瘫到地上，一动也不动了。

① "你演得太好了，"公主说，"我想现在就看你跳舞。"

"对，"孩子们也嚷嚷道，"快点起来再跳一次，你和那些猿猴一样聪明，但比它们要滑稽得多。"小矮人没有回答。

公主噘着嘴，一脸不高兴地叫自己的叔叔。他的叔叔正在露台上和宫廷内侍在一起，审阅刚刚从墨西哥送来的急件。不久前，墨西哥成立了宗教裁判所。"你送我的小矮人好像生气了，"她嚷道，"你得让他站起来，给我表演舞蹈！"

那两位大人笑着互看了一眼，从容地走过来。唐·彼德罗走到小矮人身边，弯下身子，用他的一副手套拍拍小矮人的脸颊。"小怪物，你起来跳舞啊，"他说，"公主需要你，这些孩子需要你！"

注释

墨西哥：北美洲南部国家，曾为西班牙殖民地。

---

❶ 语言描写

不管是之前还是现在，小矮人对于公主来说都只是一个滑稽的演员，供自己消遣，她从没有想过自己曾给予小矮人美丽的希望与深深的绝望。

但是小矮人还是一动不动。

① "看来应该叫个侍卫用鞭子抽他一顿了，"唐·彼德罗不耐烦地说，然后又回到露台上去了。但是宫廷内侍看出了端倪，他脸色严肃地蹲在地上，用手摸了摸小矮人的心脏。过了一会儿，他站起身，对公主深深鞠了一躬，说：② "他以后不能给殿下跳舞了。太可惜了，这么丑，原本可以逗国王开心的。"

公主问："他为什么不能跳舞了呢？"

"他的心碎了。"宫廷内侍答道。

公主皱起眉，优雅地撇了一下嘴唇，轻蔑地说：③ "以后，再给我找陪我玩的人可不要找有心的才好！"她嚷道，然后跑出门去花园玩儿去了。

❶ 语言描写
在宫廷里的这些人看来，小矮人就是用来供他们取笑、玩弄的。

❷ 语言描写
宫廷内侍宣告了小矮人的死亡，可是在他看来，小矮人的死唯一的遗憾就是不能再供人取乐了。

❸ 语言描写
这是全文的点睛之笔。公主在封闭的宫廷里生活，早已失掉了她的天真和善良，变得自私和麻木。

精华赏析

本篇童话围绕小公主的生日展开，引出来自森林的丑陋小矮人。在生日宴会上，因为小矮人滑稽的表演引得公主很开心，公主扔给他一朵玫瑰花。小矮人却误以为公主爱上了自己，一心想带公主回森林居住，可是最终在认清了现实之后，痛苦地在宫廷的角落死去了。

延伸思考

1. 小矮人来自哪里？
2. 为什么小矮人会觉得公主喜欢自己？
3. 小矮人是怎么死的？

相关评价

这篇童话围绕着公主扔给小矮人的一朵白玫瑰展开情节，讲述了小矮人的爱情故事。故事中，小公主代表美，小矮人代表真和善，这两个人物不仅外表存在美丑对比，他们的内心也存在美丑对比，这些在故事结尾时被表现到极致。小矮人心碎的一刹那是整篇童话最震撼人心的时刻，王尔德正是通过对这一刹那的描写，表达了对崇高的心灵美的强烈呼唤。

渔夫和他的灵魂

名师导读

　　青年渔夫爱上了海中的美人鱼，可是美人鱼拒绝了渔夫的求爱，并说除非渔夫没有灵魂，否则不会和他在一起。渔夫历经千辛万苦，终于和自己的灵魂分开。可是在后面三年中灵魂的"苦心"劝说下，渔夫离开了美人鱼，并在灵魂的引诱下做了许多邪恶的事。最终渔夫回到海边，美人鱼却已经死去，痛不欲生的渔夫抱着美人鱼，被海水吞没了。

---

　　①每天黄昏的时候，一个青年渔夫就会带着渔网到海边去捕鱼。

　　如果遇到风从陆地吹向海洋的时候，他就很难捕到鱼，运气好的话，最多捕些小鱼。因为那是一种很厉害的风，它长着黑翅膀在海上

❶概括描写
　　开门见山地介绍了渔夫，可以看出渔夫十分勤劳，终日打鱼。

读书笔记

飘着，卷起汹涌的浪头，鱼都会潜在深水里躲避海浪。如果风从海洋吹向陆地，鱼会从深海游上来，他就会捕到很多鱼，而且鱼的个头也不小，到市场上就能卖个好价钱。

这一天黄昏，他又带着渔网来到海边，一网撒下去。收网时，他感到今天的渔网很沉，沉到几乎拽不上来。他自言自语地说："这一网是不是把海里所有的鱼都网住了？或者是网到了一个庞大的怪物，如果真是这样，那对我来说就是最好不过的宝物了。也有可能捕到的是女王陛下梦寐以求的什么东西。"① 他使出全身的力气往船上拖着渔网，两条臂膀上的青筋凸起得很高，就像盘绕在青铜花瓶上的蓝色釉纹一样。他用了很长时间，终于把浮子拉到船帮上，把渔网也拖了上来。

可是他发现网里并没有鱼，也没有他想象中的怪物，而是一条小美人鱼躺在网里面。

② 她的头发就像打湿了的金羊毛，每一根头发都是一根纤细的金线。她的皮肤很白，就像洁白的象牙。她的尾巴上有白银和珍珠，上面还缠绕着一些碧绿的海草。她的耳朵像海贝，鲜红的嘴唇像红珊瑚。海水不

❶ 细节描写、比喻
从他两条健壮的臂膀上凸起的釉纹一般的青筋可以看出这位渔夫的健硕。

❷ 外貌描写
对美人鱼的美貌进行了细致的描写，为下文渔夫对她一见钟情做铺垫。

断地拍打着她的身体，她眼角的海盐闪着晶莹的光。

她实在太美了，青年渔夫赞叹着，他从来没有见过这么精致的面孔。他把渔网拉到身前，把她抱起来。小美人鱼顿时醒了过来，她像一只受惊的海鸟一样发出一声尖叫。她摆着身体，想要摆脱他，可他紧紧地抱着，小美人鱼没能挣脱。

她知道自己没办法逃掉，就哭了起来。她说："求你发发善心把我放了吧，我是国王唯一的女儿，他已经很老了，他离不开我。"

青年渔夫回答说："我可以把你放回大海，但是你得答应我个条件，以后不论什么时候，只要我召唤你，你就要为我唱歌，因为鱼儿喜欢海族的歌声，只要它们陶醉在你的歌声里，我就能满载而归。"

"你说的是真的吗？只要我答应你的要求，你就会放我回大海？"美人鱼哭着问。

"是的，我从不撒谎。"青年渔夫说。

于是，小美人鱼就对他许了诺，并用海族的誓言起誓，永不反悔。渔夫这才把美人鱼放了，她带着惊恐钻进了海里。

以后的每一天，青年渔夫照样在黄昏时

❶ 叙述
　　美人鱼答应了渔夫的要求后，渔夫就放走了美人鱼，而美人鱼也信守自己的承诺。

刻出去捕鱼。①他召唤美人鱼时，她就会很快浮到海面，为他唱歌。每当这时，就会出现一群海豚，围在她的周围欢腾跳跃，还有各种海鸟在海上盘旋。

　　她唱的歌青年渔夫从来没有听过，因为她的歌里描述的是海族。他们把牲畜从一个山洞赶到另一个山洞，把出生的小牛犊扛在肩上。特赖登长着长长的绿胡须，毛茸茸的胸脯，每当国王经过时，他们就会吹响海螺。还有国王的王宫，它是由琥珀建成的，屋顶是用晶莹剔透的翡翠做的瓦，地面上全是明亮的珍珠。还有海底花园，这里长满了五颜六色的珊瑚，鱼儿自由自在地在珊瑚的缝隙中穿梭，海葵紧紧贴在石头上，海石竹长在海底的黄沙上。她还会唱从北极来的大鲸鱼，它们的鳍还带着没有融化的冰凌。她唱塞壬，她们用优美的歌声迷惑路过的船员。船上的人们会用蜡封住自己的耳朵，以免被她们的歌声迷惑了心智。她唱那些有着高高桅杆的沉船，已经被冻僵的船员们紧紧

📖 读书笔记

注释
特赖登：希腊神话中人身鱼尾的海神。
塞壬：希腊神话中半人半鸟的海妖，常用歌声诱惑过路的航海者，使航船触礁毁灭。

抱着帆缆希望存活下去，鲭鱼在沉入水中的舷窗里游进游出。她唱海里最伟大的旅行家藤壶，它会找机会贴在路过的船的底部，不费力气地周游世界。她唱居住在悬崖边的乌贼，它们长着黑色的触须，只要它们愿意，可以随时制造出黑夜。她唱鹦鹉螺，它们会乘坐用蛋白石雕刻的小船，扬起丝绸的风帆在海中航行。她唱自己的同族男人鱼，他们弹奏起竖琴，让海怪听了沉沉入睡。她唱一些小孩子，他们会和海豚交朋友，骑在它们滑溜溜的背上游泳。她唱美人鱼，她们躺在洁白的泡沫里，向水手们招手致意。她还唱海狮，它们长着弯弯的长牙，就像夜晚的月亮。

① 她这样唱着，许许多多的金枪鱼被歌声吸引，从深海里浮了上来。青年渔夫把网撒下去，没网住的就用鱼叉去叉。不一会儿，他就装了一船的鱼。美人鱼冲他一笑，然后就沉入海底去了。

她总是和他的小船保持着一段距离，不让他再碰触到她。他多次想让她靠近自己，她摇摇头不肯答应。他企图捉住她时，她就会机敏地钻进水里，像海豚一样灵巧地游

❶场景描写
美人鱼信守承诺唱着优美的歌曲，吸引那些金枪鱼，让渔夫满载而归。

❶概括描写

渔夫开始沉浸在美人鱼优美的歌声里,而荒废了自己的工作。这是青年渔夫坠入爱河的前兆。

❷语言描写

美人鱼代表着现实意义上极致的美与爱,而灵魂是我们最珍贵的东西。在作者所处的那个时代,很少有人愿意抛弃一切去追求至极的美与爱。

走,当天他就再也见不到她了。就这样,他越来越觉得离不开她的歌声,她的歌声真的太甜美了,①他甚至忘记了他的渔网和他打鱼的手艺。那些通体像白银一样的金枪鱼,成群地从小船旁游过,他也忘了撒网。他的鱼叉被闲置在船舱里,他的鱼篓空了一天又一天。他只是眼神呆呆地望着海面,什么也不做,坐在船头静静地听她唱歌,直到海上升起了白雾,升到空中的月亮把他的身体染成了银白色。

一天黄昏,他又把美人鱼召唤来,这次他没要求美人鱼唱歌,而是对她说:"小美人鱼,我爱上了你。请你做我的新娘吧,我太爱你了。"

美人鱼摇摇头,"不行,你有一个人的灵魂,"她说,②"只有把你的灵魂驱赶走,我才能爱上你。"

青年渔夫自言自语地说:"我的灵魂是什么?对我有什么用呢?我既看不到它,更摸不到它。对于一个不认识的东西,我何不把它打发走,那样我会获得更多的喜悦。"他快乐地喊叫着,从船板上站起来,冲着美人鱼伸出双臂。"我会把我的灵魂赶走,"他喊道,"我一定会等到你嫁给我的一天,我将成为你的新郎。我愿意陪你生活在深深的海底世界里。你歌唱过的地方我会带你去看,你想要的一切我会为你去做,我们永远不再分离。"

小美人鱼高兴地羞红了脸。

"可是,"青年渔夫问,"我该怎么做呢,我怎么才能把灵魂从我身体里驱赶出去呢?教教我吧,我一定照做。"

"我也不知道,"小美人鱼说,①"我们海族的人鱼是没有灵魂的。"说完,她依依不舍地离开了他。

第二天一大早,太阳才刚刚升起的时候,青年渔夫就迫不及待地来到神父的宅子,轻轻叩响了大门。

见习修道士从大门上的一个瞭望口往外张望,当他看到是渔夫后,就拉开门闩请青年渔夫进来。

青年渔夫一进门就跪倒在地上的灯芯草垫上,他高喊正在诵经的神父,说:"仁慈的神父啊,我爱上了一个海族的姑娘,但我的灵魂却不能让我和她在一起,请您告诉我怎么才能把灵魂从身体里驱走,因为我不需要

❶语言描写
海族之所以能够在海底生活得那么愉快,没有俗世的烦恼,是因为他们没有灵魂,不需要思考太多,只纯粹地追求快乐。

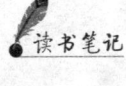读书笔记

它，它对我来说没有任何价值。"

神父听了激动地捶打着胸膛，怒吼道："上帝啊，你真是疯了，要不就是吃了迷惑心智的毒药！灵魂是一个人最高贵的部分，是上帝赐予每个人的礼物，它能使人变得高尚，没有任何东西比人的灵魂更高尚，没有什么东西比灵魂更宝贵，它是无法衡量的，就算世间所有的黄金，以及国王用的红宝石也比不上它。所以，孩子啊，请你回去吧，别再想这件事了，这是一件不可饶恕的罪孽。① 你提到的海族，他们是迷途的一族，想和他们交往的人也会陷入迷途。他们就像不辨善恶的野兽，主不是为他们而死的。"

听到神父的劝告，青年渔夫流下一滴眼泪。他站起来，对神父说："神父，法翁们住在森林里，他们获得了快乐；男人鱼们抱着竖琴坐在礁石上，也获得了快乐。求求您，让我变得和他们一样吧，因为他们过的日子是真正快乐的。至于您说的高贵的灵魂，它只会阻碍我和我心爱的美人鱼在一起，所以我要它又有什么用呢？"

"肉体的爱是肮脏的，"② 神父生气地说道，眉头也打了结，"被上帝容忍而在他的世

读书笔记

❶ 语言描写
神父代表着当时的宗教，他认为灵魂是最宝贵的东西，没有灵魂的海族是罪恶的化身，所以才会贬低海族的人，劝告渔夫不要为了美人鱼放弃灵魂。

❷ 神态描写
面对渔夫的固执己见，神父开始有些生气了。

界里游荡的异教事物，都是肮脏邪恶的。你说的法翁应该受到诅咒，海里的人鱼也该受到诅咒！夜间我听到过他们的动静，我在念着祷文，她们想引诱我停下，还敲打我的窗户，发出令人生厌的狂笑。她们在窗外向我讲述那些危险的乐趣，用种种办法企图诱惑我，我祈祷时，她们冲我做出各种鬼脸。她们陷入了迷途，迷途你懂吗？对她们来说，没有天堂和地狱之分，无论天堂还是地狱，都不该让她们提到上帝的名字。"

"神父，"青年渔夫继续说道，"你说的我不曾遇到。但是有一次，我用渔网捕到一个人鱼国王的女儿。没有什么能比得上她的美丽，为了她我甘愿放弃灵魂，为了得到她的爱，我宁肯放弃天堂。请告诉我怎么做吧，得到答案我自会离开。"

① "你快离开这里！"神父喊道，"你的情人已经陷入迷途，你会跟着她陷入迷途的。"

神父不再多做解释，把青年渔夫赶出了门。

② 青年渔夫忧伤地向前走着，走进一个市场。他像丢了魂儿一样，耷拉着脑袋。

读书笔记

❶ 语言描写
面对渔夫坚定的态度，神父知道自己不能改变渔夫的想法，就气急败坏地赶他走，并且诅咒渔夫，体现了神父的顽固与迂腐。

❷ 动作描写
渔夫没有在神父这里找到答案，因此十分失望。

读书笔记

几个商人看见他，就交头接耳地开始议论，其中一个走过去，叫他的名字，问道："今天你有什么要卖？"

"我想把我的灵魂卖了，"他答道，"请问你们收购一个人的灵魂吗？它对我没有用了，我看不见它，也摸不到它，对我任何用都没有。"

商人听了哈哈大笑起来，说："人的灵魂对我们有什么用呢？它连一个银币也不值。不过，你的身体可以卖给我们，我们会给你换上海紫色的衣服，手指上戴上戒指，送给尊敬的女王陛下当奴隶。①至于你说的灵魂，那是不值钱的东西，没有任何价值。"

❶ 语言描写
对于商人来说，他们的眼中只有利益，与其与他们谈灵魂，不如与他们谈金钱。

青年渔夫自言自语道："这就奇怪了，神父说灵魂是世界上最值钱的东西，商人却说它一文不值。我该相信谁呢？"他走出市场，一直走到海边，脑子里一直在思考这个问题。

他在海边一直坐到中午，突然想起自己的一个朋友，他是采集圣彼得草的人。朋

注释

圣彼得草：一种生长在海岸岩缝间的伞形科多肉植物。

友曾经告诉过自己,在海湾尽头的一个洞穴里,住着一个年轻的女巫,她的巫术非常厉害。想到这里,他就向海湾跑去,他想这次可以摆脱灵魂了。他沿着海岸一路飞奔,年轻的女巫感到自己的掌心发痒,知道年轻的渔夫正朝自己这里赶来,她诡异地笑了起来,然后把一头的红发披散开来,拿起一支开花的毒芹站在洞口等着渔夫。

❶他好不容易才登上峭壁,然后气喘吁吁地向女巫行礼。女巫问:"你为何而来?你缺什么?是不是想在逆风的时候也能捕到鱼?这个很容易,我这里有一支小芦笛,你只要吹响它,鲻鱼就会游到你的渔网里来。但是你知道,世上的一切都是有价钱的,你缺什么?快告诉我吧。让海上刮起风暴?让船只失事?把船上的财宝箱冲到岸上来?我的风暴比风神的还要厉害,因为我侍奉的主人比风神厉害得多,用一个漏勺加一桶水,我就能让巨大的帆船沉入海底。但是这个也是有价钱的。小伙子,你缺什么?快点告诉我。我知道溪谷里一种花的作用,除了我谁也不知道,它的叶子是紫色的,花蕊像颗星星,它有乳汁一样的汁液,只要让王后的嘴

❶动作描写
为了摆脱灵魂,和美人鱼在一起,渔夫不惜历经千辛万苦。

读书笔记

❶ 语言描写

女巫在见到渔夫之后，滔滔不绝地炫耀着自己的能力，自认为能够满足渔夫的一切需求，解决世间的一切问题。

❷ 动作、语言描写

渔夫说出自己的要求，却让邪恶的女巫都感到害怕，可见那时候公开说自己不要灵魂、只追求现实的欢愉要冒多大风险。

唇碰到它，无论你到哪里，她都会忠心地跟着你。但这也是有价钱的。①小伙子，你需要什么？快说。我在灰浆里捣烂一只癞蛤蟆，用它做成肉汁，再用死人的手去搅那肉汁。在你的仇人睡熟的时候，你把肉汁涂在他的身上，他就会变成一条黑色的蝰蛇，他的母亲会亲手把他杀死。我能用一个轮子把月亮拽下来，用水晶照见死神。你缺什么？快告诉我吧，只要你付得起价钱，这些都不是问题。"

"我的愿望比这简单得多，"青年渔夫说，"可是这个要求让仁慈的神父动怒，还把我赶出了大门。这是一件小事，却遭到商人的嘲笑，他们拒绝了我的交换。所以我只能来找你，伟大的巫师，虽然人们都说你是邪恶的化身，可是只要你能完成我的心愿，我愿意付出任何代价。"

"说吧，你需要什么？"女巫走近他，盯着他的眼睛问。

"我想让我的灵魂离开我的身体。"青年渔夫答道。

②女巫听他这么一说，脸"唰"的一下白了，她浑身颤抖着，用蓝色的披风把脸遮

住。"年轻人啊,"她喃喃地说,"那样做的结果是很可怕的。"

渔夫把棕色的头发甩到脑后,笑着说:"我的灵魂对我没有任何用,"他答道,"我既看不见它,也摸不到它,我也不认识它。"

"如果我完成你的心愿,你想用什么报答我?"女巫盯着他的眼睛问。

①"五块金币,"他坚定地说,"我的渔网,我的房子,我的小船,我的鱼叉,我的鱼篓,我所拥有的一切都给你。只要你能告诉我怎么摆脱我的灵魂。"

女巫听了哈哈大笑起来,用毒芹拍了一下渔夫。"只要我高兴,我能把秋天的落叶变成黄金,"她嘲笑道,"我能用苍白的月色变出白银。我所侍奉的主人比世界上任何国王都要富有。"

"这么说,你不要黄金,也不要白银。"渔夫失望地问道,"那么该给你什么呢?我只有这些。"

女巫用她像雪一样白的手指拨弄了一下年轻人的头发,"你只要和我跳一支舞,年轻人。"她在他的耳边说道。

②"这太容易了,真的只要这个吗?"青

❶ 语言描写
为了得到美人鱼的爱情,渔夫打算放弃一切,可见他的意志是多么坚定。

❷ 语言描写
渔夫不敢相信女巫这么轻易就答应告诉他摆脱灵魂的办法。

年渔夫惊讶地问，仿佛不相信自己的耳朵。

"就是这个。"她回答，又冲他神秘地笑了笑。

"我答应你，黄昏的时候我们找个隐秘的地方一起跳舞，"他说，"然后你把能摆脱灵魂的方法告诉我。"

女巫摇摇头，说："必须要到满月的时候才行。"她咕哝道，然后谨慎地向四下张望，仔细听了听周围的动静。远处，一只青鸟拍打着翅膀从巢里腾空而起，在沙丘上空盘旋着。三只斑点鸟在一片灰草地上穿行，不时发出一声鸣叫。山崖下的岸边，海浪拍打着礁石，除此之外，再没有其他的声音。①于是，她又靠近他的耳边说："今天晚上你要爬到山顶上去，今天是安息日，他一定会来的。"

青年渔夫不解地睁大眼睛看着她，她则神秘地笑着。"你说的那个'他'是谁呢？"他问。

"不要问那么多了，"她回答说，"按我说的，今天晚上你就上去，找到一棵鹅耳枥树，在树下等我。如果有一只黑狗咬你，你就用柳树枝打它，它就会逃走。如果有一只

读书笔记

❶语言描写
女巫神秘兮兮地要求渔夫在满月的时候爬到山顶上去和她跳舞，并说"他一定会来的"，那么这个"他"又是谁呢？

猫头鹰和你说话，千万不要理它。月圆的时候，我会到那儿，和你一起在月光下跳舞。"

①"为了我们之间的信任，请你先起誓会告诉我摆脱灵魂的方法。"渔夫郑重地说道。

于是，女巫就走到阳光下，海风吹拂着她的长发，在空中飘荡。"我以山羊蹄的名义起誓，我会告诉渔夫摆脱灵魂的方法。"她庄重地起誓道。

"我相信你是无所不能的女巫，"青年渔夫说，"今天晚上，我会照你的要求到山上的鹅耳枥树下等你。我原以为，你只会对黄金和白银感兴趣，没想到你只提了这么一个小小的要求。"说完，他深深地向女巫鞠了一躬，行完礼后，他就快乐地离开了。

女巫目送他走了，一直到消失不见了，这才返回山洞，从一只雕花雪松木匣子里，拿出一面光亮的镜子。她把镜子放在一个银质框架里，然后在镜子前点燃了一堆木炭，接着把一把马鞭草放在上面焚烧，观察升起的烟雾。观察了一会儿，她愤怒了，咬着牙关愤愤地说："他应该是我的，我和她一样美。"

❶ 语言描写
渔夫在得知女巫答应会告诉他如何摆脱灵魂的情况下，仍坚持让女巫起誓，以免她反悔，表现了渔夫的谨慎。

到了晚上，青年渔夫按照女巫的要求爬到山顶，找到那棵鹅耳枥树，站在树下静静地等着。此时的月亮又圆又亮，像一盏银灯照亮了周围的一切，大海上也荡漾着月亮的倒影。一条条小渔船在归港。这时，他听到树上有人叫他的名字，抬头一看，发现是一只体形很大的猫头鹰。他没有理它。过了一会儿，一只大黑狗从黑暗中窜了出来，狂叫着向他扑来。他拿起手里已经准备好的柳树枝抽打它，大黑狗扭头就跑了。

　　青年渔夫一直等到午夜，月亮挂在正当空的时候，女巫出现了，而且出现了一群。她们像一群蝙蝠一样飞过来，落在他的周围，嚷道："这儿有一个陌生人，他是从哪儿来的？"她们仔细地观察着他，互相议论着。最后，那个红发的年轻女巫出现了。①她穿着一件绣着孔雀眼睛的金丝衣，头戴一顶小巧的绿丝绒帽，披散的红发在风中飘扬。

　　"他在哪儿？他在哪儿？"女巫们看到她，笑着问她。她浅浅地一笑，然后拉起年轻渔夫的手，把他拉到一块平地上，开始在月光下跳舞。

读书笔记

❶外貌描写
可以看出女巫为了与渔夫的这支舞精心地打扮过，也显示出她对要告诉渔夫如何摆脱灵魂的办法的重视。

他们面对面地旋转着,年轻的女巫跳得太高了,他只能看到她绯红的鞋后跟。这时,传来一阵急促的马蹄声,但是却看不到马匹,他心里感到一阵恐惧。

"再跳快些!"年轻女巫吩咐道。她落下来,抬起双臂环抱住他的脖子,她的呼吸喷在他的脸上,热乎乎的。"再跳快些!"她喊道。大地似乎在他脚下旋转,他的头已经转晕。①一种强烈的恐惧感向他涌来,仿佛无形中有一双邪恶的眼睛正在看着他。最后他突然瞥见,在一块岩石的阴影里,有一个人影站在那儿。

青年仔细看了看,发现那是一个穿着西班牙式黑丝绒装的男子。②他的脸像女巫的脸一样惨白,反衬得他的嘴唇像滴血的红玫瑰一样鲜红。他往后仰着身子,一副无精打采、非常疲惫的样子,手里摆弄着一把短剑。他的身旁放着一顶插着羽毛的帽子,一双有金边的骑马手套,手套上有用细珍珠缝制的奇怪图案。他的肩膀上系着一条黑貂皮的短斗篷,许多手指上都戴着戒指。他眼皮耷拉着,半盖着无神的眼睛。

这时,林子里又响起一阵狗吠声,舞者

❶心理描写

渔夫在和女巫飞快地跳着舞的同时,也感受到了一种强烈的恐惧感。

❷神态、外貌描写

详细描写了这个神秘男子的神态和外貌,说明这就是一个典型的异教徒。

读书笔记

停了下来，女巫们两两走上前去，跪在那个神秘男子的脚下，去吻他的手。她们做这些时，那个神秘男子的嘴角上翘，露出骄傲的笑容，就像鸟儿的翅膀轻轻碰触到水面，泛起阵阵涟漪一样。但他的笑容里又含着轻蔑，他以这样的眼神看着青年渔夫。

"来，我们一起去拜见他！"女巫悄悄地对渔夫说，语气中带着请求的口吻。他这时也产生了想拜那个神秘男人的渴望，于是就跟着她走过去。但是，理智又提醒他，不要拜一个不认识的人，于是他不由自主地在胸前画了一个十字，并喊出圣名。

① 谁知，他话音刚落，女巫们就像受伤的雄鹰一样尖叫起来，然后四散而逃。而那个男子也开始痛苦地抽搐，并向林中跑去，边跑边吹响了口哨。一匹棕色的母马快速跑了过来，他翻身上了马，悲哀地看了一眼青年渔夫。

红发女巫也想逃离这里，可渔夫一把拉住了她，并死死地抱住她的腰。

② "快放手！"红发女巫命令道，"你念

❶ 动作描写
体现出异教徒对基督教和圣名的恐惧。

❷ 语言描写
女巫作为异教徒，听到渔夫念了圣名而大为惊恐，将其视为十分无礼的举动，对渔夫的行为感到很生气。

注释

涟漪：细小的波纹。

了不该念的名字，对我们做了无礼的举动。"

"不行，"渔夫坚决地回答道，"除非你告诉我想要的，否则你休想离开这里。"

"你想知道什么？"女巫问，她像一只受了惊的小猫一样想要快点离开。

"你明知故问。"他说道。

她的眼睛里含着泪水，目光也黯淡了下来，她对渔夫说："你问什么都行，除了那件事。"

他笑了，比之前抱得更紧了。

她知道，现在自己无法脱身，于是就轻声说："我比海的女儿更美，像你认识的美人鱼一样动人。"她的目光变得妩媚，还把脸向他贴过来。

① 他皱着眉头把脸避开，对她说："如果你对许下的诺言反悔，我就把你当作不诚实的女巫杀死！"

她脸色上的妩媚不见了，取而代之的是一脸冷酷，她说："好啊，反正是你的灵魂，又不是我的。你想怎么对待它都可以。"说完，从腰间拔出一把绿蝰蛇皮柄的匕首，递了上去。

"我要这把小刀有什么用？"他不解

读书笔记

❶ 语言描写
对于渔夫来说，一切都不重要了，为了摆脱灵魂去追求美人鱼的爱情，他不惜杀人。

地问。

①她沉默了一会儿,脸上掠过一丝悲伤,发出一阵怪笑,对他说:"人看到的影子并不只是简简单单的影子,而且还是人的灵魂。你只要背对着月亮站在海边,用这把刀子把影子和你割开,然后吩咐你的灵魂离开你的身体就可以了。"

青年渔夫激动地问:"这是真的?"

"我没有骗你,但我希望你不要这样做。"女巫哽咽着,抱着他哭了起来。

②他一把将女巫推开,任由她跌倒在杂草丛里,然后把匕首掖在腰里,快步走到山崖边,开始往下爬。

他的灵魂这时开始对他说话:"主人,这些年来我们一直没有分开过,我忠实地履行自己的职责,我什么时候背叛过你?"

青年渔夫说:"你是对我很忠诚,可是现在我必须让你和我的身体分开。这个世界很大,有天堂也有地狱,现在你离开我,你愿意上哪儿就去哪儿,只要离我远远的,你只要离开,我就能见到我的爱人。"

他的灵魂悲哀地乞求他不要那样做,但他心意已决。③他像一只灵活的猿猴,顺着山

❶ 侧面描写

渔夫坚决放弃灵魂的行为让心狠手辣的女巫都感到悲哀,从侧面说明他放弃灵魂的举动是多么危险和可悲。

❷ 动作描写

一系列动词的运用表现了渔夫的果决和急于摆脱灵魂的迫切心理。

❸ 比喻

巧用比喻表现了渔夫迫不及待的心情和敏捷的动作。

崖往下爬；他像一只稳健的山羊，在岩石上行走。最后，他回到了地面上，走到海边。

他的四肢强壮有力，古铜色的皮肤显示出他的健康，他就像一尊古希腊雕像。他背对着月亮，站在沙滩上。海上的泡沫伸出手臂向他致意，海浪中的波涛向他表示效忠。在他前面的沙地上，是他的影子，也就是他想要抛弃的灵魂。在他的身后，是漆黑的天空，上面高高悬挂着银盘一样的月亮。

他的灵魂再一次恳求道："如果你真心要赶我走，请不要让我这样离开，世界这么残酷，请让我把你的心也带走吧。"

他笑着摇摇头：①"这可不行，如果你把我的心带走，我该用什么爱我的爱人呢？"

"主人，请你仁慈些，"灵魂说，"把你的心给我吧，世界太残酷，我会感到害怕。"

"不行！我的心只属于我的爱人。"渔夫答道，"不要再多说了。"

"难道你就不爱我吗？"灵魂问道。

"你走吧，我真的不需要你了。"青年渔夫嚷道，然后从腰里拔出那把小刀，沿着双脚把自己的影子割开了。影子原本躺在地上的身子站了起来，和渔夫的体貌一模一样。

❶语言描写
真正的爱情都是发自人的内心，渔夫说得对。

渔夫收回匕首,往后退了两步,一种恐惧感向他袭来。"你走吧,"他喃喃地说,"别让我再看到你。"

"不,我们还会见面的。"灵魂说,它的声音低沉,就像说话时嘴唇没有张开一样。

"为什么我们还会相见?"青年渔夫不解地问,"难道你要和我一起下到深海里面去?"

"我会每年到这里等你,"灵魂说,"我会等到你需要我的那一天。"

"恐怕你等不到那一天了,"青年渔夫喃喃地说,"不过,你想怎么样那是你的事,你跟我没有关系了。"说完,他跳进了海里。

① 海神特赖登们吹响了海螺欢迎他,小美人鱼升上来迎接他,并紧紧地和他拥抱,热情地亲吻他的脸。

灵魂孤单地站在海滩上看着主人消失在海里,它哭泣着离开了海滩,穿过沼泽,越走越远。

一年过去了,灵魂如它所说的那样,又返回海边,呼唤着主人的名字。青年渔夫从海里升上来,问:"你为什么要呼唤我?"

② 灵魂说:"我和你分开时就已经做了

---

❶ 场景描写

渔夫终于如愿以偿地摆脱了自己的灵魂,跳进了海里,过上了他渴望的幸福生活。

❷ 语言描写

在青年渔夫抛弃自己的灵魂,过上了渴望已久的幸福生活之后,灵魂依然在一年之后前来试图蛊惑渔夫回到自己身边,回到社会主流意识这边。

约定，每过一年我都会在这里等你。你到岸边，我有一件奇妙的事情告诉你。"

青年渔夫游到浅滩里，趴在水面，用双手托着头，耐心地听着。

灵魂说："我离开你之后，就一直朝东方走去，开始了我的旅行。因为我听说，智慧都是由东方来的。我一直走了六天，到第七天的早晨，我来到鞑靼境内的一座小山上。天气非常炎热，我就坐在一棵柳树下躲避酷热。大地被晒得裂开，沙漠上像着了火。人们在平原上跑着，尽可能地躲开日头。

① "中午时分，远方开阔的平原上扬起一阵红色的烟尘。鞑靼人见了，就背上弓箭，跳上战马迎了上去。鞑靼女人们惊叫着逃向大篷车，躲在厚厚的毛毡后面。

"一直到黄昏，鞑靼人才回来，但少了五个同伴，而且回来的人中也有很多负了伤。他们匆忙地收拾物品，用马儿牵着大篷车，急急忙忙离开了这里。马蹄声惊动了洞里的三只豺狗，它们跑出来窥望着马队的背影，然后提起鼻子吸了几口气，快步地向相反的地方跑去。

"当月亮升起的时候，我看到平原上

❶ 场景描写
这是对古代鞑靼人日常生活的描述，也显示出灵魂的确是走了很远很远的路。

生起了一堆篝火,我向有火光的地方走去。一群商人披着毯子围在火堆旁,一群骆驼拴在他们身后的桩子上,他们的奴隶在搭建帐篷,用仙人掌筑起围墙。

"他们发现了我,其中领头的就拔出剑,喝问我干什么。

"我回答说,我是一个国家的王子,是从鞑靼人那儿逃出来的,因为鞑靼人想让我做他们的奴隶。领头人笑了,指着远处的一根长竿给我看,我扭头一看,赫然看到上面吊着五颗人头。

"头领又问我,知不知道谁是神的先知,我回答是穆罕默德。

"他听到我的回答,就客气地与我拥抱,握着我的手,让我和他们坐在一起。一个奴隶给我端来一杯奶,一盘烤羊羔肉。

"黎明的时候,我随他们一起启程了。他们给我一头红毛骆驼让我骑上,走在领头人的旁边。一个哨兵手持长矛远远地跑在前面,两个武士在我们两边守护着。骡子驮着重重的货物跟在驼队的后面。他们带了有四十头骆驼和八十匹骡子。

① "我们从鞑靼人的国家穿过,来到另一

❶概括描写
这里充满了遥远的异域风情,以显示灵魂多么见多识广。

个国家。我看到格里芬站立在白色的巨岩上看守着他们的黄金，看到浑身是鳞的恶龙在洞穴里熟睡。我们翻越雪山时，每个人都小心翼翼，生怕引起雪崩将我们埋葬；而且每个人都用薄纱罩住了眼睛，以免被雪光伤了眼睛。我们穿越山谷时，藏在山洞里的俾格米人朝我们射箭。夜间我们在营中听到野人重重的擂鼓声。来到猿人聚集的山谷时，我们要献出果子，它们就让我们平安通过。我们这次旅途，三次来到奥克斯河沿岸，我们乘木筏过了河，木筏的四周拴着巨大的牛皮囊。河马从河里浮上来，想杀死我们，骆驼看到它，吓得浑身颤抖。

①"我们每经过一个国家，国王都会向我们征过境税，即使把税交了，他们也不允许我们进城。他们从城头上扔面包给我们，还有加蜜烤制的小玉米糕和枣泥馅的细粉面饼，每一百篮的食物换我们一颗琥珀。

"村民们看到我们，就在井里投毒，然后都跑到山上去。②我们和马加代人打过仗，他们出生时都是老人，却越活越年轻，直到

❶ 语言描写

在灵魂看来，遥远东方的国家都十分封闭，这也是西方国家对东方国家的偏见。

❷ 语言描写

灵魂向渔夫讲述自己在过去这一年里的丰富见闻，讲述那些遥远东方的传说，以及他是多么勇敢。

注释

奥克斯河：位于中亚，今名阿姆河。

变成婴儿时就会死去。我们和拉克特洛伊人打仗，他们声称是老虎的子孙，身上用颜料涂成老虎的斑纹。我们和奥兰特人打仗，他们在树顶上安葬死人，活人却在黑暗的洞穴里生活，他们崇拜太阳神，认为火辣辣的太阳会让他们丢掉性命。我们和克里姆尼亚人打仗，他们崇拜鳄鱼，献给它绿玻璃做的耳环，给它喂黄油和新鲜禽肉。我们和阿加荣贝人打仗，他们的脸跟狗脸一模一样。我们和息班人打仗，他们长着马的四肢，比马儿跑得还快。最后，我的同伴中有三分之一的人战死，有三分之一的人因饥渴而死。剩下的那些人说是我带来的厄运。我从一块石头下抓住一条长角的蝰蛇，它用长长的牙咬我，可我并没有死，他们看到我被毒蛇咬都没事，这才害怕起我来。

"第四个月，我们到达伊勒尔城。我们走到城外的小森林里，天已经很晚了，空气也很闷热，因为月亮已经转到天蝎宫。这是一片石榴林，我们摘下成熟的石榴，把它捣

注释

天蝎宫：天蝎宫是占星术黄道十二宫之第八宫，天文学对应的星座是天蝎座。

碎，喝它的汁液，然后搭起帐篷，等待黎明的到来。

"太阳初升时，我们起身来到城门前，敲打红铜铸造的城门，门上雕刻着龙的图案。守城的士兵询问我们是什么人。商队的翻译回答说，我们是从叙利亚岛来的商人，带着很多货物。他们收了一些货物作抵押，告诉我们城门中午时才会开放，让我们耐心地等着。

"中午，城门终于打开了。①我们进了城，一个专门的公告宣读人已经走遍全城宣告我们来到的消息，城中的人成群结队地出来看热闹。我们站在市场上，奴隶把货物打开，摆出一捆捆花布，打开一个个大木箱。商人们把他们最珍贵的货物展示给大家：有上过蜡的埃及亚麻布，上过色的埃塞俄比亚生产的亚麻布，提尔的紫色海绵，西顿的蓝色帷幔，还有精致的琥珀杯、晶莹的玻璃器皿和各种样式的陶器。一座房子的屋顶上，一群女人在向下观望，其中有个人脸上戴着镀金皮革面具。

❶场景描写

灵魂作为去过东方的西方人，对那里的一切都充满了好奇，所以才会把这些场景细致地告诉渔夫，希望能够打动渔夫。

注释

提尔：古代腓尼基的著名港口城市，今属黎巴嫩。
西顿：腓尼基人的主要港口城市，位于今黎巴嫩南部。

"第一天,僧侣们来跟我们交换货物;第二天是贵族来买我们的货物;第三天是手艺人和奴隶。这是商人进城时,这里购买物品的规矩。

"我们在这个城中停留了一个月的时间。月缺的时候,我厌倦了这种枯燥的生活,并到城中闲逛,无意中走到这座城所敬奉的神的花园里。僧侣们穿着黄色的僧袍在园子里穿梭。黑色大理石铺成的地面上,坐落着一座玫瑰红色的建筑,那就是神的居所。①它的门上涂着粉色的漆,上面有公牛和孔雀的浮雕,还贴着金箔。屋顶上覆盖着一层海绿色的瓷瓦,边缘翘起的房檐上吊着小铃铛。白鸽飞过时,翅膀呼扇的风,让铃铛发出清脆的声音。

②"庙宇大殿的前方有一个不大的池塘,池塘的四周和底部铺着缟玛瑙,池水清澈。我在池塘边躺下,用手指触摸着宽大的树叶。一位僧侣走到我身后。他左脚穿着一只用柔软的蛇皮做的便鞋,右脚穿的是用鸟类羽毛编的便鞋,走路悄无声息。他头上戴着一顶黑毛毡的僧帽,周围装饰着银色的月牙。

"他观察了我一会儿,然后发话了,问

---

❶ 细节描写
表现神的住所的富丽堂皇,引发人们对神及宗教的思考。

❷ 环境描写
突出庙宇的清幽宁静。

我有什么愿望。

"我回答说,我的愿望是见到神。

"'很不巧,神出去打猎了。'僧侣说,然后用一双眼睛打量着我,眼神很奇怪。

"'那请告诉我,神去哪片林子打猎了,我要骑马陪着他。'我这样回应说。

"他用长长的指甲梳理着僧袍上的黄色流苏。'神睡着了。'他喃喃地说。

"'那请告诉我他睡觉的地方,我要在他身边守着他。'我这样回应说。

① "'神在设宴。'他大声说道。

"'如果酒是甜的,我可以和他共饮;如果酒是苦的,我也和他共饮。'我这样回应说。

"他不再说话,伸出右手紧紧地抓住我的胳膊,领着我进了神殿。

"在神殿里,我看到一尊神像坐在碧玉打造的宝座上,宝座的四周镶嵌着来自东方的珍珠。② 神像是用乌木雕刻而成的,尺寸和真人大小无异。它的额头上嵌着一颗硕大的红宝石,浓稠的油从他的头发上滴落下来,落到它的大腿上。它的脚下常年供奉宰杀后的山羊,脚趾已经被染成红色。它的腰间缠着一条铜带,上面嵌着七颗绿宝石。

❶ 语言描写

这位僧侣面对灵魂的询问,几次改变说法。按照常理来说,作为信众,他最清楚神在哪里,然而还是这么百般掩饰,引起读者继续向下阅读以探究真相的兴趣。

❷ 白描

抓住神像的主要特征,用简洁的语言勾勒出神像的形象。

❶ 语言描写

古往今来，多少信奉宗教的人拜倒在神像面前，可是只有灵魂此时在大声诘问，这只是神像，那么神呢，神在哪里？

"我问我的引路人：'这就是神？'他点点头说：'是的。'

① "'我要见的是真神，而不是一尊神像。'我大声说，'如果你不按我说的做，我会杀了你。'我抓住他的手，他的手就干瘪如柴了。

"僧侣向我求饶，他说：'请主人医好仆人吧，我会带主人去见真神。'

"听他这么说，我就朝他手上吹了口气，他就恢复如初了。他浑身战栗着，又把我引到另一间神殿。我看见一尊神像站在翡翠莲花台上，莲花台的四周镶嵌着绿宝石。神像由象牙雕刻而成，尺寸有真人的两倍大。它的额头上嵌着一颗硕大的绿橄榄石，它的胸前涂着没药和肉桂油。它的右手拄着一根弯曲的翡翠权杖，左手托着一颗水晶球，脚上穿着黄铜的高筒靴，粗大的脖子上挂着一个石膏圆环做的饰品。

"我问我的引路人：'这就是神？'他点点头说：'是的。'

"'我要见的是真神，而不是一尊神像。'

注释

没药：在东方是一种活血、化瘀、止痛、健胃的中药。主产于非洲东南部，阿拉伯半岛等地也有分布。

我大声说,'如果你不按我说的做,我会杀了你。'我摸了他的眼,他马上就瞎了。

"僧侣向我求饶,他说:'请主人医好仆人吧,我会带主人去见真神。'

"听他这么说,我就朝他眼上吹了口气,他就恢复了视觉。他浑身战栗着,又把我引到另一间神殿。这是一个空荡荡的屋子,没有神像,只有一面金属镜子,被安放在石头的基座上。

"我问僧侣:'神呢?'

"他说:'只有你看到的这面镜子,没有神,因为这是智慧之镜。它能反映出世间的任何事物,如果你看它时看不到自己的脸,那你就是一个聪明人。世上有许多别的镜子,但它们只是普通的镜子,只有这一面镜子会给你智慧。拥有这面镜子的人,知晓世间万物,没有一件事他不了解。拥有这面镜子的人,可以得到最大的智慧。因此,它就像神一样被我们崇拜。'我向镜子望去,果然如他说的那样。

"我做了一件大胆的事,我将那面智慧之镜藏了起来,那个地方距离神庙只有一天的路程。请接纳我吧,我的主人,你会成为

❶ 语言描写

在灵魂用成为天下最聪明的智者来诱惑他的时候,年轻的渔夫仍然坚持要爱情。

❷ 语言描写

渔夫从未动摇过对爱的追求。

读书笔记

天下最聪明的智者。只要你让我回来,你就是天下第一的聪明人了。"

青年渔夫听了不以为然,①"爱比智慧好,"他大声说,"我和美人鱼很恩爱。"

"不,智慧才是世间最宝贵的。"灵魂说。

②"爱更好。"青年渔夫说完,就潜入了大海,灵魂哭着离开了。

第二年,灵魂又回到海边召唤主人,青年渔夫从海里升上来,说:"你怎么又来了呢?"

灵魂回答:"我和你分开时就已经做了约定,每过一年我都会在这里等你。你到岸边,我有一件奇妙的事情想告诉你。"

青年渔夫游到浅滩里,趴在水面,用双手托着头,耐心地听着。

灵魂说:"自从上次我离开你,我就朝南一直走下去,开始了新的旅程。因为我听说一切宝贵的东西都是从南方来的。我走了六天,沿着通往阿希特城的大路前行,这是朝圣者们习惯走的一条大路,路上尘土飞扬,道路被染成红色。到了第七天早晨,我来到一座城市前,它坐落在山谷中。

"这座城有九个城门,每个城门前耸立

着一匹青铜铸造的马，贝都因人从山上下来时，那些马就会嘶鸣。这座城很坚固，因为不仅城墙外包着一层铜，就连城墙上的瞭望塔顶也是黄铜做的。每个瞭望塔里都有一名士兵手拿武器在把守。太阳初升时，他就敲响铜锣；太阳落山时，他就吹响号角。

"我想进到城里，士兵把我拦下，问我是做什么的。① 我回答说，我是个伊斯兰教苦修僧人，准备去圣城麦加朝圣，麦加城有一幅绿色帐幔，上面有天使亲手绣成的《古兰经》。他们充满好奇，就改变了态度，邀请我进城。

"这座城就像一个大集市，你真该亲眼去看看。各种颜色的灯笼像一只只五颜六色的蝴蝶挂在街道的两旁，风从巷子里刮过时，它们就上下飞舞着，像彩色的气泡。摊位前，商贩们坐在丝毯上，他们留着黑色的长胡须，裹头巾上缀着金子的饰物，用冰凉的手指拨弄着琥珀串和雕花核桃。有的摊位前摆着波斯树脂和甘松香，还有印度洋群岛产的奇异香料、浓稠的红玫瑰油、没药和指

❶叙述
　面对士兵的盘查，灵魂又一次说了谎。

读书笔记

注释
贝都因人：沙漠地带从事游牧的阿拉伯人。

❶ 正面描写

通过灵魂的讲述，直接描写他所到达的新世界，那里一切都是那么的华贵，黄金遍地，这也是那个时代欧洲人对于新世界的普遍印象。

❷ 概括描写

前面灵魂已经讲述了他所到之处的繁华，这里通过对那边瓜果繁盛的描述来印证这个国家的富饶。

甲形状的小片丁香。每当有人来询问时，他们就会往炭火盆里扔一小撮乳香，顿时扑鼻的香气就会在空气中弥漫。有一个叙利亚人拿着一根芦苇状的细枝条，它的一头冒着灰色的烟雾，散发出来的香气就像春天百花混合的香味儿。① 还有一些商人在出售刻着绿松石花纹的银手镯，带细珍珠的黄铜丝脚镯，镶嵌着黄金底座的虎爪，也有镶嵌在黄金底座上的豹子的爪子，还有各种宝石做的耳环、戒指。六弦琴美妙的声音从茶馆里传出来，抽鸦片的人探出没有血色的脸，呆呆地望着街上的行人。

"说真的，你真该和我一起去看看。酒贩子把沉甸甸的酒皮囊扛在肩上，用胳膊肘顶开挡在前面的人群。他们出售的大多是西拉兹酒，那是一种像蜜一样甜的酒。② 他们把酒装在小金属杯里，上面再撒上玫瑰花瓣，顾客们会争相购买。市场上也有很多卖水果的商贩，他们卖的水果品种很多：因为成熟而裂开的无花果，像黄水晶一样橙黄的甜瓜，香橼，番樱桃，一串串晶莹剔透的白葡萄，圆圆的金红色的柑橘，还有椭圆的金绿色的柠檬。我还见到一头大象经过，它的长鼻子被涂上花花绿绿的颜色，两只耳朵上罩着绯红的丝绳网。它走到一个卖水果的摊位前，用鼻子卷起水果就吃了起来，商贩只是乐呵呵地看着，并没有阻拦。这是一个多么奇怪的民族啊！他们高兴时，就会找鸟贩子，买一笼子的鸟儿，然后打开笼子把鸟儿全放了，他们的脸上就会洋溢起快乐的神情。他们伤心时，就会让人用荆棘抽打自己，好让自己更加悲伤。

① "一天傍晚的时候，我看到几个人抬着一顶很重的轿子从街上走过。轿子是用镀金的竹竿做成的，轿杆被漆成朱红色，上面镶嵌着黄铜的孔雀。轿窗上悬挂着薄薄的纱帘，纱帘上绣着金龟子的图案，四周缀着细小的珍珠。轿子经过时，一个脸色苍白的切尔卡西亚女人从里面往外张望，和我对视了一眼，露出和善的微笑。于是我跟了过去，抬轿人发现我跟在后面，就加快脚步，还冲我瞪起了眼睛。我没有介意，出于好奇我紧紧地跟在他们后面。

"走了几条街，轿子在一座白色建筑前

读书笔记

细节描写
通过对轿子装饰的细节描写表现了这里的人们生活的富裕，增加了读者对轿子里所坐的人的猜想。

注释
切尔卡西亚：在高加索山脉的北方。

停了下来。这个建筑没有窗户，只有一扇很小的拱门。其中一个抬轿人走到门前，用铜锤在门上敲了三下。一只眼睛从门上的小孔往外窥望。在确定来人之后，一个身穿绿色土耳其式长衫的亚美尼亚人把门推开，从房子里拖出一条长地毯铺在地上。①轿里的女人下来，向房子里走去，走到门口时又回头对我微笑。这时我看清了她的脸，我从来没有见过脸色这么苍白的人。

"天黑之后，我借着月光回到这里，可是我却怎么也找不到这个建筑。直到现在，我才明白那个女人是什么人，她为什么对我微笑。

"你真该和我去看看。在新月节到来时，年轻的皇帝就会走出皇宫，到清真寺去做祷告。他的头发和胡须都用玫瑰叶子染过，他的脸上扑了一层薄薄的金粉，他的脚掌和手掌用藏红花染成了黄色。

"太阳初升的时候，他穿着一件白银的袍子走出皇宫；太阳落山的时候，他穿着一件黄金的袍子回宫去。②他走在路上时，人们扑在地上，不敢注视他，而我却不那样。我站在一个卖枣的摊位前，看着皇帝。皇帝

---

❶ 动作描写

这个"微笑"的动作一方面说明了这个高贵的女人有着极高的素养，也从另一方面说明了这个国家的文明程度。

❷ 动作描写

这说明古今中外，权力在哪里都是一样的，平民总是在社会最底层，而国王总是高高在上的。

注意到我这个异类，他高高挑起描过的眉毛，停在我的面前。我一动没动，没有向他施礼。皇帝没说什么就走了。人们都对我大不敬的行为感到惊讶，他们劝我赶快逃出城去。我没有听从他们的劝告，而是走到卖异教神像的人中间坐下。和他们所从事的行业有关，所以他们一向不受人欢迎，他们听说了我的行为后，每人送了我一尊神像，恳求我离开他们。

"那天夜里，我住在一家旅店里，刚躺下准备休息时，皇帝的侍卫来了，他们把我带到皇宫里。我每经过一道门，身后的大门就会关上，并上了锁。①我被带到一个皇家庭院里，庭院的四周是一道漂亮的拱廊。墙壁上有着雪花石膏的浮雕，中间夹杂着蓝色和绿色的瓷砖。柱子全是绿色大理石做的，地上铺着桃花大理石。我从未见过这种东西。

"在我来到庭院的时候，露台上的两个蒙着面纱的女人诅咒我。卫士们加快步伐，长矛的末端磕在地上，发出叮叮当当的声音。最后，他们打开一道精致的象牙门，我发现自己来到一个有七个露台，并且有河流的花园里，里面种着开着杯状花朵的郁金

❶环境描写
令人仿佛身临其境地看到了那个时代皇家庭院的奢华。

❶环境描写

在这座皇家庭院里面，气氛是很凝重的。天空是阴暗的，柏树像是被燃烧尽了，为下文渲染了凝重的氛围。

读书笔记

❷动作描写

面对戒备森严的皇宫，灵魂没有丝毫害怕。

香、月光花和银光点点的芦荟。① 一条瀑布悬挂在阴暗的空中，就像一道水晶的帷幔。一棵棵古老的柏树，就像被燃尽了的火炬。其中一棵树上，有一只夜莺在高声歌唱。

"花园的尽头，有一座小小的亭阁。侍卫们把我带到那里，有两个皇帝的贴身太监出来迎接我们。他们身体肥胖，走路时左摆右晃，黄眼皮下的眼睛好奇地打量着我。其中一位把一个侍卫长拉过去，悄悄和他耳语着。另一个装模作样地从珐琅盒子里取出一粒香糖，送到嘴里不停地嚼着。

"过了一段时间，侍卫长把侍卫们遣散了。他们回皇宫复命，两个太监缓缓地跟在他们后面，一边走，一边从树上摘下甜桑葚吃。其中一个还不时回头，冲我露出不怀好意的微笑。

② "卫士长把我推进亭阁，我丝毫没有害怕，我拉开一道厚厚的帷帘，走了进去。

"年轻的皇帝就在这里，他懒洋洋地躺在一张铺着狮皮的软榻上，手腕上立着一只矛隼。他的身后，站立着一位努比亚人，上身

注释

努比亚人：苏丹北部的民族，在埃及南部也有分布。

赤裸着，头上戴着一条黄铜色的裹头巾，耳朵上戴着沉甸甸的耳环。旁边的桌子上，摆着一把月形的弯刀。

"皇帝看见我，脸色沉了下来。他问我：'你叫什么名字？你不知道我是这里的皇帝吗？'我没有回答他。

"他指了一下桌上的弯刀，皇帝身边的努比亚人把刀拿起来，冲着我砍了过来。刀从我身边划过，却丝毫没有伤害到我，那人却一下趴到地上，他从地上爬起来，牙齿咯吱咯吱打战，吓得躲到一边去了。

"皇帝生气了，他忽地站起来，从兵器架上拿过一根长矛，冲我掷过来。①我一把接过长矛，在腿上一磕，长矛就变成两截。他又取出弓，朝我射了一箭，我两手一举，箭就悬在半空中。他又从腰间拔出一把匕首，一下刺入努比亚人的喉咙，以防他把这么丢脸的事情宣扬出去。那人在地上痛苦地扭动了几下，嘴里吐出一些血沫就再也不动了。

"他一死，皇帝就转过身来，从身上掏出一块手绢，把额头上的汗珠擦掉，然后对我说：'你是一个先知吗，为什么我伤害不

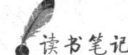

❶ 动作描写
　　体现了灵魂所具有的巨大力量，就连皇帝也不能伤害他。

到你？或者你是先知的后代，你不会受伤？我祈求你今天晚上就离开这里，因为你在城里，我就做不成皇帝。'

①"我回答说：'让我离开可以，但你得答应我把你的财宝给我一半。'

"他拉着我的手，带着我来到刚才那个花园里。侍卫长看到我，感到惊讶；那两个太监看到我，吓得腿直发抖，最后扑通跪在地上。

"皇帝带着我走到皇宫的一间密室，它的墙壁由红色云斑石筑成，房顶由黄铜筑就，房顶的正中央悬挂着巨大的吊灯。皇帝推了一下其中一道墙，原来这里是隐藏的一道门，门开了，他带着我走进一条点着火把的通道。两边的墙壁上都有壁龛，里面放着巨大的酒坛子，坛子里装着满满当当的银币。我们走到通道的中央，皇帝念了一通咒语，又一道秘门打开了。②他急忙用手捂住眼睛，以防目眩。

"我无法用语言描述我看到的一切，③只见一片片巨大的乌龟壳里都填满了珍珠，一块块中空的月光石里塞满了红宝石，一个个象皮做的大箱子里摆满了黄金。皮囊里装的

❶ 语言描写

道出了灵魂找到皇帝的目的。灵魂的力量虽然强大，却被用来攫取不当的财富，为人所不齿。

❷ 动作描写

这道门后面到底有什么呢，让皇帝都要捂上眼睛？

❸ 概括描写

皇帝的密室里堆放着难以计数的金银财宝，这些东西都是从人民那里搜刮来的，只是为了满足皇帝个人的私欲，体现了皇室生活的奢靡。

是金粉。蛋白石被装在水晶杯里，蓝宝石被装在翡翠杯里。一块块玉石被整齐地摆在象牙碟子上。一个角落里堆放着丝绸口袋，有的里面装的绿松石，有的里面装的绿柱石。一根雪松柱子上，挂着成串的黄色山猫石。扁平的盾片里放着红玉，有葡萄紫色的，也有草绿色的。我所形容的，不到我看到的十分之一。

"皇帝缓慢地把手放下来，然后对我说：'这是我的藏宝室，我所有的财富都在这里了，正如我刚才向你许诺的，这里有一半的财宝是你的了。我会给你准备好骆驼和赶车人，你可以指挥他们把财宝送到世界上任何你想去的地方。今天晚上就把这件事情办妥，因为我不想让太阳——我的父亲，看到在这个城里有一个我杀不死的人出现。'

"但我回答他说：'这里的金子是你的，银子是你的，所有的珍宝我都不会带走。我不需要这些东西，我只要你戴在手指上的那枚戒指。'

"皇帝听了，脸上露出为难的神色，他说：'这只是一枚铅做的普通戒指，这里的任何一件东西都比它珍贵，还是取走这些财宝

离开吧。'

① "'不,'我一口拒绝了他,'我不要你任何的财宝,我只要那枚铅戒指,因为我明白戒指上记刻着什么,我很清楚它的价值。'

"皇帝听了,浑身哆嗦着,用哀怨的声音乞求说:'求求你,我把我所有的财富都给你,请你离开吧。'

"他怎么央求我也没有答应,最后我得到了那枚戒指,我把它藏在离这里只有一天行程的一处地方。只要你有了这枚戒指,你就是这个世界上最富有的人。快跟我走吧。"

青年渔夫听了不以为然,"爱比财富好,"他大声说,"我和美人鱼很恩爱。"

"不,财富可以让你拥有一切。"灵魂说。

"爱更好。"青年渔夫说完,就潜入大海,灵魂哭着离开了。

第三年,灵魂又回到海边召唤主人,青年渔夫从海里升上来,说:"你怎么又来了呢?"

② 灵魂回答:"我和你分开时就已经做了约定,每过一年我都会在这里等你。你到岸边,我有一件奇妙的事情要告诉你。"

❶语言描写
面对这么多的财富,灵魂却变得更加贪婪,想要得到代表国王地位的戒指。

读书笔记

❷语言描写
从这里可以看出,以灵魂为代表的社会主流意识的强大力量。

青年渔夫游到浅滩里，趴在水面，用双手托着头，耐心地听着。

灵魂说："我第二年离开你后，来到了一个城里，走进一家坐落在河边的客栈。我结交了几个水手，我们一同喝不同颜色的美酒，吃大麦做的面包，还有拌了醋的用月桂叶子盛上的小咸鱼。我们坐着取乐时，一个老人出现在我的面前。他取下随身携带的皮毡子铺在地上，然后坐在上面弹起了带有琥珀角的诗琴。接着，一个戴着面纱的女子跑进来，赤着脚在皮毡子上翩翩起舞，她的舞姿很优美，双脚很灵活，就像两只白鸽在地上跳跃着。我从来没有见过这么美妙的场景，这座城离这里并不远，只要一天路程就能到达。"

青年渔夫听了，想起他心爱的小美人鱼没有脚，所以从来没有快乐地跳过舞。他感到一种强大的欲望在驱使着自己，①他自言自语道："只要一天路程，我很快就能回来。"他从水中缓步走到岸边。

这是三年来他第一次走到干的地面上，他脸上露出了微笑，一种久违的感情萦绕在心头。他对灵魂张开双臂，他的灵魂也快活

读书笔记

❶ 语言描写
听到灵魂的叙说后，渔夫开始动摇了，可是他想的仍然是要回到自己的爱人身边。

❶动作描写
在灵魂的再三蛊惑下，渔夫终于离开了海里。

地朝他迎面跑来，当他们接触的那一刻，灵魂与他融为一体。①青年渔夫回过身来，看到自己的影子在沙滩上伸展开来，灵魂又成了他的一部分。

他听到灵魂说："我们快点离开吧，因为海神嫉妒心很强，海怪又听他们的派遣。"

于是，他们匆匆上路了。借着晚上的月光，他们整夜都在行走；第二天，他们整个白天都在太阳下行走。到了傍晚时分，他们来到一座城下。

青年渔夫问灵魂："你说的那个跳舞的女子就在这个城里，对吗？"

他的灵魂说："不是这座城，不过既然来到这里，我们就先进去看看吧。"他们进了城，在街道上漫无目的地走着。来到一个卖珠宝的摊位前，青年渔夫被一个精美的银杯吸引住了。②他的灵魂说："取走那个银杯，藏在衣服里。"

❷语言描写
灵魂在蛊惑渔夫去偷东西，让人看到灵魂邪恶的一面。

青年渔夫照做了，他把银杯藏在外衣里，就匆忙走出城外。

❸语言描写
渔夫走出了十里地之后，才反应过来，生气地质问灵魂，可以看出灵魂已经开始控制渔夫的思想了！

③他们走出十里地后，青年渔夫突然停住了，然后生气地把杯子拿出来扔在地上，对自己的灵魂说："你为什么让我偷别人的东

西？你是让我干一件坏事！"

但是灵魂却说："别激动，主人。"

第二天，他们又继续赶路。黄昏时，他们又来到一座城下。青年渔夫问灵魂："你说的那个跳舞的女子就在这个城里对吗？"

他的灵魂说："不是这座城，不过我们既然来到这里，我们就先进去看看吧。"他们进了城，在街道上漫无目的地走着。经过一个卖檀香木的摊位时，青年渔夫看到一个男孩站在水罐前看着自己。他的灵魂说："把那个孩子狠狠揍一顿。"于是他照灵魂说的做了，那孩子被揍得哇哇大哭。

他们急忙出了城，走出十里地后，青年渔夫突然停住了，生气地质问灵魂："你为什么指使我去揍一个孩子？你是让我干一件坏事！"

但是灵魂却说："别激动，主人。"

第三天，他们又继续赶路。黄昏时，他们又来到一座城下。青年渔夫问灵魂："你说的那个跳舞的女子就在这个城里对吗？"

注释

檀香木：又名白檀，属檀香科常绿乔木，木材有奇香，常作为高级器具、镶嵌、雕刻等用材。

他的灵魂说："也许是这里，我们现在进去吧。"

他们进了城，在大街上走着。但是青年渔夫走遍了全城也没找到一条河，更找不到在河边的那家客栈。①城里的人都不怀好意地打量着这个外地人，渔夫感到害怕。于是，他对自己的灵魂说："我们离开这儿吧，看起来那个跳舞的姑娘并不在这里。"

但他的灵魂却说："今天晚上我们就在这里过夜，因为晚上出城，会遇到劫匪。"

渔夫不得不听从灵魂的建议，在市场上坐下来休息。一段时间过后，从远处走来一个戴着裹头巾的商人，他披着一件鞑靼布料缝制的斗篷，用一根芦苇挑着一盏牛角灯笼。商人问："你为什么要坐在市场上，没看到已经休市了吗？"

青年渔夫说："我在城里没有亲戚朋友，也找不到容身的客栈，所以就在这里休息等待天明。"

②"我们不都是亲戚吗？"商人说，"我们都是一个神创造的子民，我的家就是你的家。来吧，朋友，到我家住一晚。"

于是青年渔夫就跟着商人赶往他的家，

❶对比
与灵魂面对危险时的冷静形成对比，可以看出渔夫所具有的软弱性。

读书笔记

❷语言描写
可以看出，这位商人是一个热情慷慨、淳朴善良的人。

他们穿过一个石榴园,来到商人的家中。一进到家里,商人就热情地端来一盆放有玫瑰花瓣的水,给他洗手;又拿来香甜的甜瓜,给他解渴;最后还端来一碗放着烤羊肉的米饭,给他充饥。

他吃饱喝足之后,商人把他带到客房,并对他说:"祝你今晚睡个好觉。"青年渔夫感激地连声道谢,并亲吻着商人手上的戒指。商人走后,青年渔夫一头倒在柔软的羊毛毯子上,盖好被子,一会儿就睡着了。

半夜里,窗外漆黑一片。他的灵魂把他唤醒了,对他说:"主人,快点起来。商人家里有很多金子,你现在到他卧室把他杀掉,这些金子就都是你的了。"

青年渔夫起了床,蹑手蹑脚走到商人的房中,商人的床边有一个架子,上面悬挂着一把弯刀。床的另一侧是一张桌子,上面的托盘里放着九袋金子。他伸手想要摘刀的时候,商人醒了,他抢先一步跳起来,把刀抓在手里,喊道:①"你要干什么?你是想以怨报德,用刀子报答我对你的恩情吗?"

灵魂对青年渔夫说:"打他。"渔夫就把年老的商人打晕了过去,然后抓起那九袋金

❶语言描写
通过商人的质问写出了此时他心中的愤怒。

子头也不回地跑了出去，一直朝启明星的方位跑去。

他们出了城跑了有十里地，青年商人停了下来，他捶胸顿足地质问灵魂："你为什么指使我杀掉商人，还抢走他的金子？你实在太坏了。"

但是灵魂却说："别激动，主人。"

"不，"青年渔夫嚷道，"我无法平静，你一次次诱惑我做坏事，我恨透了你，你没有对我说过一句实话，你为什么要这样对我？"

① 他的灵魂回答说："你抛弃我的时候，因为我没有把心带在身上，所以学会了一些肮脏的东西。"

"你说什么？"青年渔夫吃惊地问。

"你很清楚，"他的灵魂说，"你难道忘了？你打发我走的时候，我想把心带走，我拒绝了我。所以，这个时候你不要责怪我。安静些，世上没有你抛不下的痛苦，也没有

读书笔记

❶ 语言描写
说明灵魂之所以学会了那些肮脏邪恶的东西的原因。

注释

启明星：又称金星，天亮前后，东方天空有时会看到一颗特别明亮的"晨星"，人们叫它"启明星"；而在黄昏时分，西方天空有时会出现一颗非常明亮的"昏星"，人们叫它"长庚星"。它们其实是同一颗星。

你享受不到的欢乐。"

青年渔夫听了气得浑身发抖，对自己的灵魂说："你真是一个可恶的东西，你让我忘了爱人，迷惑我的心智，让我干一些罪恶的勾当。"

他的灵魂回应说："这是你一手造成的，如果当初你让我把心带走，就不会发生这些。来吧，我们去下一个城，我们去那里寻欢作乐，有这九袋黄金足够挥霍了。"

青年渔夫听了，狠狠地把金子摔在地上，用脚使劲儿地踩着。

①"休想，"他嚷道，"我不会再和你搅在一起了，也别想让我再做一件坏事。现在，我就要像上次一样把你和我分开，我一刻也不想和你待在一起了。"他转过身，拔出那把绿蝰蛇皮柄的小刀，对着月亮，沿着自己的脚边把影子割开。

可他的灵魂并没有离开，也不听他的命令，灵魂冷冷地笑着说："女巫告诉你的办法已经失效了，②因为每个人一生只有一次机会赶走他的灵魂，现在我永远也不会离开你了，你就认命吧。"

青年渔夫脸色苍白地攥紧拳头，大声喊

❶语言描写
在被灵魂引诱做了三次坏事之后，青年渔夫终于愤怒了，用决绝的语言表达了要与灵魂彻底决裂的决心。

❷语言描写
每个人的一生都只有一次与灵魂割裂的机会。做错了的事情，即使自己想改正、想弥补，也回不到从前。

道:"这个不诚实的女巫,为什么告诉我方法前,不对我讲明白这些。"

"你要知道,"灵魂说,"她只对她的主人诚实,而你不是她的主人。"

青年渔夫这时才认识到,永远也无法摆脱自己的灵魂了,更可怕的是自己的灵魂已经变得邪恶。一想到自己往后将与罪恶为伴,他坐在地上痛苦地哭泣起来。

太阳升起来时,青年渔夫从地上爬起来,对他的灵魂说:"我会绑住我的双手,不按你的指令行事;我会闭上我的双唇,不按你的指令去说;我会回到海边,到我爱人居住的地方去,回到她经常给我唱歌的小海湾去。我要呼唤她出来,告诉她因为你我变成了什么样子。"

他的灵魂不以为然,"你的爱人不过是条人鱼,你为什么要回到她的身边?你要明白,这个世间比她美丽的姑娘大有人在。有萨马利斯的舞女,她们能模仿鸟兽跳舞,她们的脚染着艳丽的颜色,她们手里摇着铜铃。她们一边笑一边跳舞,她们的笑声比泉水还要清澈。只要你跟着我,我就能让你找到她们,这和罪恶无关。难道美食做出来不是给人享用的吗？难道甘甜的美酒里放了毒药不成？不要再自寻烦恼了，我们一起去另一个城吧。这个城有个附属的小城，那里有一个开满郁金香的花园。这个美丽的花园里，养着白孔雀和蓝孔雀。它们对着太阳展开尾翎时，一个像是象牙的碟子，一个像是镀金的碟子。有一个专门负责饲养它们的女子，每天都会跳舞让它们开心。她跳的舞很奇特，有时用手撑在地上跳舞，有时用脚跳舞。她的双眼炯炯有神，她的鼻孔形状像燕子的翅膀。她的一个鼻孔上穿着一只鼻钩，鼻钩上挂着一朵珍珠雕成的花儿。她快乐地跳着舞，脚踝上的银镯子发出清脆悦耳的声音。①所以，不要再自寻烦恼了，随我去那座城吧。"

但是青年渔夫不再搭腔，他用牙咬着绳子把自己的双手绑上，又默默地用封条把自己的嘴巴粘上，顺着来时的路返回小海湾，因为那里有他所爱的人在等着他。一路上，灵魂说出各种甜言蜜语诱惑他，但他只顾走路，不为它的花言巧语所动。因为在他心里，爱的力量在驱使着他心无旁骛地前行。

到了海边，他撕开封条，解开绳索，站

❶ 语言描写
在渔夫知道了一切之后，邪恶的灵魂仍然不放弃引诱渔夫的想法。

读书笔记

在岸边呼唤美人鱼。她没有出现,他就在岸边苦苦地呼唤了一整天。

他的灵魂嘲笑他说:"你看看,你并不能从你所爱的人那里得到多少欢乐,相反,你像一个濒死的人一样痛苦。你付出那么多,没有得到相应的回报。所以,放弃你的美人鱼吧,跟我去一个叫作欢乐谷的地方,在那里你将得到快乐。"

但是青年渔夫并没有理会灵魂,而是找了一块开裂的岩石,在上面插上树枝,为自己搭建了一个简易的家。之后,他在这儿住了一年时间,每天早晨,他都会到海边呼唤美人鱼,中午,他会再去呼唤一次,夜晚他也会在海边念叨她的名字。可是美人鱼还是没有出现。他发疯似的在海边的洞穴里,在浅海里,在大海的旋涡里,在海底的井里寻找她的踪影,可还是一无所获。①而他的灵魂每时每刻都在诱惑着他,想让他走入歧途。但是,青年渔夫心中的爱战胜了邪恶。

一年过去了,灵魂看到渔夫总是那么坚定,就暗自思忖:"他心里的爱让他意志坚定,邪恶无法动摇他,不如用善去诱惑他,也许他会改变想法。"

❶概括描写
罪恶的灵魂仍然在引诱渔夫走上歧途,可是青年渔夫在禁不住人间繁华的诱惑而出走后,发现与小美人鱼之间的真爱才是最珍贵的,他做出了选择,比以往更坚定,所以他能抵挡住灵魂的诱惑。

于是他对青年渔夫说:"我和你讲了很多世间的快乐,你却丝毫不动心。现在请听听我向你述说世间的疾苦,也许你会感兴趣。说实话,痛苦更像世间的主人,任何人都不能逃脱它的控制。有的人衣不蔽体,有的人食不果腹。有的寡妇穿着破衣烂衫,有的寡妇却穿着绫罗绸缎。被人嫌弃的麻风病人被丢进沼泽,麻风病人在这里不是相互同情,而是更加凶残地对待彼此。乞丐们一无所有,为了一口剩饭和狗抢食。饥荒充斥着大街小巷,瘟疫徘徊在城门口。来吧,我们一起去做点什么,减少世间的疾苦吧。你这样白白浪费时间,还不如去做些有意义的事情。①爱究竟有多大魔力,能让你甘心做它的奴仆?"

但是青年渔夫还是什么也没说,爱的力量驱使着他每天去呼唤美人鱼。但是美人鱼就像消失了一样,从来没有现身过。

又一年过去了,青年渔夫的灵魂趁着主人夜里独自坐在小屋里的时候,就说:"主人,我用邪恶诱惑你,也用善来诱惑你!你对爱太忠诚了,所以我以后不再诱惑你,只求你能让我进入你的心,那样我们就能像以

❶疑问
作者通过设问突出了这篇童话的主题。爱是这个世界上最珍贵的东西,任何事物都不能使坚定的爱有所变化。

读书笔记

❶ 场景描写

通过渔夫的视角将小美人鱼的尸体被冲向岸边的场景表现出来，由远及近的顺序引起读者的好奇心。当最后看到是小美人鱼的尸体时，读者也随之震惊和心碎。

❷ 动作描写

极写渔夫的悲伤。

前一样，真正融为一体。"

"我接受这个建议，"青年渔夫说，"因为你在没有心的日子里，孤独地漂泊了三年，一定尝尽了苦头。"

"唉！"他的灵魂叹了口气说道，"你的心被爱包裹得太严了，我根本进不去啊！"

"我希望能帮你一把。"青年渔夫说。

可他的话刚说完，就听到海的深处响起一声悲恸的呼号，这是海族死了人之后才会发出的声音。青年渔夫赶忙从小屋里出来，慌慌张张地跑到海边。①漆黑的夜里，海浪翻涌着拍打着岸边的礁石，青年渔夫看到浪尖卷着一个白银一样的物体向岸边缓缓冲来。那物体像一朵洁白的花儿一样，在浪头上若隐若现。浪花从浪头上接过它，又把它交给泡沫，泡沫最后把它送到岸边的沙滩上青年渔夫的脚下。他看清了，原来这是小美人鱼的身体。她死了。

他号啕大哭起来，像是一下被痛苦给击倒了。②他扑在她的身上，大声呼唤她的名字，吻着她冰冷的嘴唇，摩挲她琥珀色的头发。他浑身颤抖着把她抱起来，她的身体已经冰凉，他还止不住地亲吻着她。她原本散发着香气的秀发已经咸涩，但他还是不停地吻着它。

他对死去的爱人忏悔着，他对着她的耳朵倾诉他的思念。他举起她的小手放在自己的脖子上，就像以前她抱着自己的脖子一样。他用拇指触摸着她的脖子。

黑色的大海发出痛苦的吼声，白色的泡沫像麻风病人一样呻吟。海底的王宫里也传出悲恸的哀号，远处的海面上，那些非凡的海神特赖登们吹着悲伤的号角。

① "快点逃吧，"他的灵魂说，"大海正在蔓延，如果你再不走的话，会被大海吞噬。看到你的心由于爱的力量而对我关闭，我很害怕。快到一个安全的地方去吧，我还没有心，你不能就这样把我发配到另一个世界去吧。"

但是渔夫就像什么也没听到似的，只管呼唤着心爱的美人鱼。他说："爱比智慧更好，比财富更宝贵，人类女儿美丽的双脚也比不上它。它用火烧不坏，用水浇不灭。黎明时我在海边呼唤你，你不回应我。我在月亮下呼唤你，你依然不理我。我知道这都是我造成的后果，我不该离开你，我到处漂泊

❶ 语言描写
灵魂在蛊惑渔夫时把自己说得那么勇敢，面对一切危险都毫不惧怕，可是如今面对波涛汹涌的大海，却感到十分害怕，可以看出邪恶的灵魂终究是懦弱的。

❶ 直抒胸臆

作者在这里再一次通过渔夫之口，表达了自己对于纯粹的爱的观点。渔夫宁愿去死，也不愿同流合污。

害了你也害了我自己。① 你的爱将永远和我在一起，它是那么强烈，任何事物都不能将它摧毁。我曾经面对过恶，也面对过善。现在你死了，我会和你一块儿死去。"

他的灵魂又哀求他离开这里，但他不肯，他的爱太忠诚了。大海一点一点向他逼来，想用海浪将他盖住。他明白，最后的一刻就要来到，于是他更加疯狂地去吻着美人鱼的嘴唇。他的心破碎了，他的心因为满满的爱而破碎，灵魂终于进入了他的心。于是，灵魂又和他融为一体了，可是大海用浪涛将青年渔夫掩盖住了。

早晨，神父走到海边送来对大海的祝福，因为它整晚都没有平静。修道士、乐师、持蜡烛的、摇香炉的，以及一大群人，都来到了海边。

神父到海边一眼就看到已经被淹死的青年渔夫，他静静地躺在地上，海水冲刷着他的身体，他的臂弯中紧紧抱着的是小美人鱼的尸体。神父皱着眉看了看，然后在胸前画着十字，他对众人宣布："我不会祝福大海和

📖 读书笔记

注释

修道士：专指基督教修院制度形成后进入修道院修行的人。

海里的任何事物。海族应该受到诅咒，与海族交往的人也应该受到诅咒。①就像这个人，他为了爱而背弃了上帝，看看吧，他和他的情妇受到了上帝的惩罚。去把他和他的情妇找个没人的角落埋掉吧，不要在他们的墓地竖碑，也不要留下任何记号，不要让任何人知道他们的安息地。他们活着时受到诅咒，死了也该如此。"

②人们按照神父的要求，找到一处偏僻的角落，这里荒凉得寸草不生。大家挖了一个深坑，把渔夫和美人鱼的尸体埋在里面。

三年过去了，在一个祭日，神父准备动身去教堂主持礼拜。

他穿好教服，走进教堂。他走到圣坛前行礼的时候，猛然发现在圣坛上覆盖着他从未见过的鲜花。花儿的形状很奇特，而且非常美丽，它们的美让他心动，它们的气味让他着迷，他感到从未有过的快乐，可是他却不明白为什么自己这么快乐。

他打开圣龛，向里面安放的圣台敬了香，向人们展示了清白无污的圣饼，然后用遮布盖上，把它放回到帷幔后面，接着对圣坛下坐着的人布道。他原本想给人们讲解上

❶语言描写
面对悲惨死去的青年渔夫，神父没有丝毫的怜悯，表现了他的麻木与无情，说明他虽为德高望重的神父，却不懂爱的真谛。

❷埋设伏笔
为下文写埋葬渔夫和美人鱼的地方开出美丽的花儿埋下伏笔。

读书笔记

读书笔记

帝的愤怒，可是圣坛上的那些花让他心神不定，花儿的香味从他鼻孔里穿过，于是他就说出另一番话。他想讲解上帝的愤怒，讲解的却是上帝的爱。为什么自己会这样，他也不知道。

人们听到他所讲的内容，全都哭了。神父回到圣器室，把眼角的泪擦干。执事们走进来，给他脱了法衣，解下腰带、饰带和圣带，他们做这些事的时候，神父像做梦一样呆呆地站在那儿一动不动。

脱完法衣后，他问执事们："圣坛上放的花儿是从哪里来的？"

他们回答说："我们也不清楚这是什么花，它们是在埋葬渔夫和美人鱼的那片荒地上采摘的。说来奇怪，从前那里连一棵草也没有，现在却长出这样鲜艳的花。"① 神父听了，身体开始颤抖。他回到家，对着圣像做起祷告来。

第二天天一亮，他就起了床，叫上修道士、乐师、持蜡烛的、摇香炉的，还有一大群人，他们来到海岸上。② 他先祝福了大海，又祝福了海里所有的生灵，人们的心里充满了敬畏与快乐。可是，埋葬青年渔夫的地方

❶ 动作描写

　　神父终于明白，爱的力量有多么的强大：可以让世间的一切变得美好，可以让荒地长出花朵，可以让愤怒变成宽恕，这都是爱的力量啊！

❷ 概括描写

　　通过描写神父的祝福和人们感到的敬畏和快乐，表现爱的强大力量已经征服了这些原本不理解它的人。

从此以后再也没有长出任何花儿来,仍旧像往常一样,成了一块不毛之地。从前海族经常光顾的海湾,再也看不到他们的身影,因为他们去了另外的地方。

读书笔记

精华赏析

　　本篇童话讲述了年轻的渔夫为了追求现实生活中与美人鱼纯粹的爱而被整个社会抛弃,被自己罪恶的灵魂蛊惑,最终在爱人死去后也结束了自己生命的故事。写出了人们在追求个人价值时,面对的社会主流意识形态及其道德体系所遭受的巨大压力。

延伸思考

1. 美人鱼为什么拒绝渔夫的求爱?
2. 商人为什么认为灵魂没有丝毫价值?
3. 神父对待渔夫的态度是怎样的?

相关评价

　　本篇童话中的渔夫是一个典型的形象,他代表着有天赋、有才能、性格直率、不懈追求自身梦想的人。这样的人骨子里有一种傲岸,不屑流俗,也不会牺牲自己的个性和追求去符合社会的要求,对自己坚信的事物有一种锲而不舍的执着。

星孩儿

名师导读

樵夫在森林里捡到一个婴儿并带回家抚养。孩子长大后光彩照人，英俊非凡，却因为不认自己的乞丐母亲而变得丑陋无比。他开始后悔自己的所作所为，寻找母亲，最终历经磨难，在给予他人善良和怜悯之后，成了国王。

---

❶ 环境描写
　　这是一个非常寒冷的冬天，为星孩儿的出现做了环境烘托。

　　一个冬天的夜晚，两个贫穷的樵夫正在一大片松林中穿行着，❶寒冬的夜晚冰冷刺骨，他们正在往家中赶。地面上的雪已经下了很厚，他们踩在雪上，发出咯吱咯吱的响声；两边的树丛中，细枝不断被冰雪压断，噼啪作响。他们走到沿路的一道瀑布旁，看见它已经被冻住，像一条冰帘一样悬在山上。

天实在太冷了,动物们都不知道该怎么应付了。

"嗷!"狼发出一声咆哮,他夹着尾巴从灌木丛缓慢地跑过,厚厚的积雪影响了他的步伐,"这该死的天气,出行太难了,上天为什么不管管呢?"

"啾!啾!啾!"绿色的朱顶雀在枝头上无处立脚,叽叽喳喳地表示着抗议,①"大地死了,她已经穿好了白色的寿衣。"

"大地要结婚了,这明明是她的嫁衣。"斑鸠们提出不同的意见。但是斑鸠们的小脚都已经冻伤了,面对眼前的处境,他们认为应该保持浪漫的观点。

"一派胡言!"狼狠狠地说,"听我说,这完全是上天的错,如果你们不同意我的观点,我就把你们全吃掉。"狼是一个现实主义者,他永远都会有一个好理由。

"嗯,以我的见解,"啄木鸟趴在高高的树干上说道,"我不喜欢去解释这个问题。事情本身并不复杂,就是这个样子,天气进入

❶ 语言描写
　　形象地表达了动物对寒冷天气的无奈和不满。

📖 读书笔记

注释

斑鸠:一种鸟类,体形似鸽,大小及羽毛色彩因种类而异。

了寒冬。"他是一个天生的哲学家。

寒冬的天气就是这样。在一棵高高的冷杉树上，住着小松鼠一家，他们紧紧地依偎在一起，互相揉搓着鼻子取暖。树下的兔子洞里，兔子一家几天没有出门了。唯一喜欢这种天气的是大角鸮。虽然他们的羽毛被冰雪冻住，可这一点没有影响到他们的好心情。①他们转动着一双黄色的大眼睛，隔着树林高喊着："突鸣！突鸣！突鸣！突鸣！这种天气令人愉快！"

两个樵夫继续往前走着，不时对着手心呵气，再使劲搓搓，让手暖和一下。②有一次，他们掉进一个堆满积雪的坑中，爬出来时全身都成了白色，就像在磨坊中忙着装面粉的磨坊主一样；有一次他们在冰面上滑倒了，那里原本是一片沼泽，现在结了厚厚的一层冰，柴火散在冰面上，他们就把柴火一根根捡起来，重新捆好；有一次，他们迷失了方向，心里感到十分恐慌，因为他们知道，如果被雪神眷顾将会意味着什么。但是他们有圣马丁的保佑，他是出门在外的人的保护神。他们又循着留在雪地上的脚印往回

❶ 语言描写

冬天的森林里虽然寒冷，却并不死寂，因为总有乐观主义者存在。

❷ 场景描写

通过对他们在冬天外出砍柴所遇险情的场景描写，道出了樵夫生活的不易和艰辛。

走,终于走出了森林,远处的山谷里,他们村子里的灯光一闪一闪的,在召唤他们回家。

他们平安了,所以表现得非常高兴,他们抱在一起开怀大笑。在他们眼里,下过雪的大地更像一朵白银做的花儿,月亮就像黄金做的花儿。

但没多久,笑容就在他们脸上凝固了,因为他们想到一件比寒冬更可怕的事——贫穷。一个樵夫对伙伴说:"我们有什么资格这么开心呢?美好的生活只属于富人,我们只能忍受贫穷。与其过这样的生活,还不如在森林里冻死的好。"

"你说得没错,"他的同伴回应说,①"有的人拥有的太多,有的人却什么也没有。这个世界太不公平,除忧伤之外,没有一样东西能平均分配。"

他们就这样互相诉说着生活的悲苦,接下来一件奇怪的事情发生了。②这时,从遥远的天边落下一颗很亮的星星,它沿着天边一直坠落下来,沿途有很多其他的星星,都惊讶地望着它出格的举动。两个樵夫目睹了这惊人的瞬间,当星星落下来时,他们认为它

读书笔记

❶语言描写
樵夫们属于穷苦的下层人民,是社会不公的直接受害者,所以才会抱怨社会分配的不均。

❷场景描写
描写了星孩儿降临的奇异场景,引起读者的阅读兴趣。

就落在不远的地方，也许就落在羊圈的旁边。

"我们的好运来了，也许它能带给我们财富。"他们高兴地叫喊着，冲着星星坠落的地方跑去。

一个樵夫的腿脚灵活，他跑在另一个樵夫的前头。他钻进柳树丛，从另一头跑出来，他看见雪地里躺着一件金色的物件。于是他加快了脚步，冲到那物件跟前，一把将它摁住。那是一件金线斗篷，上面绣着星星的图案，看样子里面裹着一件什么东西。他兴奋地呼唤同伴快点过来，一起查看天上掉下来的宝贝。同伴小跑着过来后，他们坐在地上准备平分里面的金子。可是把斗篷掀开后，发现里面没有金子，也没有银子，只有一个睡着的小孩儿。他们失望极了，埋怨上帝跟两个贫苦人开玩笑。

一个樵夫开口道："唉，白忙活一场，我原以为里面说不定是什么财宝呢，真是太令人失望了。我们自己的孩子都养不起，要一个别人的孩子又有什么用呢，总不能把自己还不够吃的面包再分给别人的小孩吧？"

他的同伴说：①"不，虽然我和你一样

读书笔记

❶语言描写
从这个樵夫的语言中可以看出，他和他的妻子都是很慈悲的人。

穷，但把这么小一个孩子扔在雪地里不管是在作孽。我家现在张口吃饭的人也不少，但我还是要把他带回家，我相信我的妻子会收留他的。"

于是，他把孩子抱在怀里，用斗篷包裹好，不让刺骨的寒风伤着他。就这样，这个樵夫抱着孩子向自己家里走去。对于他这种死心眼儿的做法，他的同伴很不理解。

他们回到村子，他的同伴就说："现在你要了孩子，那就把斗篷分给我吧，毕竟这是我们一块儿捡到的。"

他回答说：① "不行，这件斗篷属于这个孩子，请原谅我不能把它给你。"他祝福同伴好运，然后走向自己家。

他把门敲开，妻子把头伸出来，一看是平安归来的丈夫，就高兴地亲吻他，然后从他背上把柴火卸下来，掸去他靴子上的雪，让他进屋。

"亲爱的，我在森林里捡到一件东西，我把他带了回来，希望你能照顾他。"樵夫站在门外说。

"是什么？"她嚷道，"给我看看，我们

读书笔记

❶ **语言描写**
樵夫选择收留这个可怜的婴儿，却没有将婴儿的财产据为己有，可以看出樵夫是一个正直的人。

家空空荡荡的，可以放很多东西。"他把斗篷掀开一角，露出孩子熟睡的脸。

①"天哪！"她吃惊地喊道，"我们有自己的孩子，需要你去带个别人的孩子来看家？你知道他的来历吗？他会不会给我们家带来厄运？我们有食物给他吗？"她生气了。

"听我说，亲爱的，他是个星孩儿。"他说道，然后把发现这个孩子的经过告诉了妻子。

但她还是不肯收留这个孩子，她对他冷嘲热讽，怒气冲冲地嚷道：②"我们家的面包什么时候能填饱肚子？哪有多余的食物给别人家的孩子呢？有谁关心过我们一家人吗？"

"上帝会关心我们，上帝不也关心麻雀吗？冬天也给它们东西吃。"他答道。

"可那些冬天饿死的麻雀是怎么回事？"她反问道，"现在不正是难熬的冬天？"

男人无言以对，他站在门外，一动没动。

刺骨的寒风一阵阵地从北方刮过来，像刀子一样刮在妻子的脸上，她不由得打了个哆嗦。她颤抖着说："你打算就这样一直站着吗，让寒风灌满我们的屋子？"

---

❶ 语言描写

丈夫莫名其妙捡了个婴儿回来，而自己家已经很贫穷，如果再添一个婴儿将会更辛苦，也不能怨妻子生气。

❷ 语言描写

写出了樵夫妻子不愿意收留婴儿的原因。

读书笔记

"一个铁石心肠的人住的屋子,还需要温度吗?"樵夫回答道。她没有回答,转身走到火炉边烤火。

过了一会儿,她转过身来,樵夫看到妻子眼里噙着泪水。① 他快步走到她跟前,把孩子放到她的臂弯里,再把妻子紧紧搂在怀里。她吻了吻这个孩子,并把他放在自己最小的孩子身边。第二天,樵夫把包裹孩子的斗篷放进一个大柜子里;他妻子把孩子脖子上佩带的一条琥珀项链取下来,也放进那个大柜子里。

于是,樵夫就把星孩儿当成自己的孩子养育起来,让他和自己的孩子一起吃饭、睡觉、玩耍。他一天天地长大,变得越来越漂亮,这引起了村民的好奇。② 因为这里的人都是黑皮肤黑头发,而这个孩子却长着白皙的皮肤,卷发就像水仙花环,他的嘴唇就像红玫瑰花一样鲜红,他的眼睛就像银河一样灿烂,他的身体如同向日葵一样笔直。

开始这个孩子和其他孩子并没有什么两样,但随着年龄的增加,他因为自己的与众不同,确切地说因为自己比别人都漂亮而变

❶ 动作描写
樵夫和妻子一家虽然贫穷,可是他们却有着一颗善良的心,不愿意将孩子抛弃,而是将孩子收留下来。

❷ 外貌描写
星孩儿一天天地长大,他与周边人的不同也开始显现出来。这说明,他来自一个神秘的地方,不属于这里。

读书笔记

得脾气古怪起来，他变得骄傲、残忍、自私起来。他瞧不起村里的孩子，包括和自己一起长大的樵夫的孩子。他认为这些孩子都是低贱的，自己来自一颗星星，那无疑是高贵的。他自认为是这些孩子的主人，把他们当成奴隶一样呼来唤去。对生活没有着落的乞丐，对靠拐杖行走的老人，对双目失明的盲人，对濒临死亡的病人，他都没有丝毫怜悯之心，反而去诅咒他们，拿石头扔他们，把他们赶出村子，不许他们回到这个村子。后来，除了有歹徒光顾，再没有人来这个村子里乞讨。他对自己的美貌无限迷恋，对别人的丑陋和孱弱深感鄙夷，他会嘲笑身边的所有人。①他过于自恋，在夏季无风的时候，他总是趴在神父果园的井沿口上，看着水中的倒影，欣赏着自己的面容，然后为自己的美貌高兴得手舞足蹈。

❶ 动作描写　　说明长大以后的星孩儿是一个多么自恋的人。

樵夫和妻子看到他的所作所为非常生气，常常责备他说：②"你本来是一个无依无靠的人，我们用自己的热心接纳了你，为什么你却对需要帮助的人如此残酷？"

❷ 语言描写　　可以想象此时的樵夫与妻子有多么生气。

老神父也经常把他叫到身边，他慈爱地

对星孩儿说:"孩子,世间所有的生命都是你的兄弟姐妹,请不要伤害它们。在森林里飞翔的鸟儿有它们的自由,你不能因为喜欢就去捕捉它们。上帝创造了蛇、蜥蜴和鼹鼠,你不能因为它们丑陋就伤害它们。你要清楚自己的位置,不能给上帝带来痛苦,就连田野里的牲口也懂得赞美上帝呢。"

不管别人怎么劝告,星孩儿还是我行我素,他带着一脸的不屑走到孩子们中间,继续做他们的头领。虽然他总表现得高高在上,但孩子们还是喜欢跟他在一起,因为他不仅长得漂亮,而且跑得快,会唱歌,会跳舞,还会吹笛子,他能给大家带来快乐。①无论星孩儿去什么地方,他们都会跟在他的身后;无论星孩儿吩咐他们干什么,他们都会乐意去做。他拿一截芦苇去戳鼹鼠的眼睛,他们就会哈哈大笑;他用石头去砸麻风病人,他们也会拍手称快。由于他用错误的举动误导着他们,以至于这些孩子也变得铁石

❶概括描写
星孩儿在孩子们中树立了不好的榜样,他的错误行为也影响了其他孩子。

注释
蜥蜴:属于冷血爬虫类,种类多,大多分布在热带和亚热带,其生活环境多样,主要为陆栖,也有树栖、半水栖和土中穴居。

心肠，跟他没有什么两样。

有一天，村外来了一个女乞丐，她穿着破衣烂衫，双脚没有穿鞋，因为长时间在粗糙的路面上行走，脚也磨破了。她走累了，也许是想减轻一下脚的疼痛，她坐在一棵栗子树下。

星孩儿看到她就皱起了眉，他对同伴们说："看那儿，来了一个臭烘烘的女乞丐，她居然敢坐在栗子树下。她太难看了！走，我们把她赶出村子。"

于是他们就走到离她不远的地方，向她扔石头，还咒骂她。① 她看着他，眼神里充满了惊恐；她看着他，眼睛直勾勾地一动也不动。樵夫这时正在院子里砍木柴，他看到星孩儿又在作恶，就跑过来指责他，说："你真是心肠太坏了，不懂得一点怜悯之情，这个可怜的女人对你做了什么，你这样对她？"

星孩儿觉得在众人面前丢了脸面，就生气地跺着脚对樵夫说："你凭什么管我？我又不是你儿子，我不必听你的！"

"你说得没错，"樵夫答道，"你和我是没有任何血缘关系，当初我之所以把你收

❶神态描写
从女乞丐恐惧的眼神可以看出，这时候的星孩儿有多么可怕。

留，完全是出于怜悯。"

樵夫刚说出口，那女乞丐大叫一声就晕倒在地上。樵夫急忙把她抱到自己家里，妻子忙前忙后照顾着她。她从昏厥中醒来，他们又给她准备了食物，用好言安慰她。

①她不吃也不喝，只是着急地问："你刚才所说的都是真的？你是在十年前的今天，在森林里捡的那孩子？"

樵夫回答说："是的，他来到我们家整整十个年头了。"

"你发现他时，他身上有没有带什么信物？"她哭着问，"他脖子上有没有戴一条琥珀项链？他是不是被一件绣着星星的金丝斗篷包裹着？"

"是有一条这样的项链，"樵夫惊讶地回答，"他当时正是被一件绣着星星的斗篷包裹着。"说完，他转身从柜子里拿出那两件信物给女乞丐看。

女乞丐看到这两件信物，激动得泪直往下淌，她说：②"我找到我失散十年的孩子了，求你们把他叫过来与我相认吧，为了找他，我已经走遍了世界的各个角落。"

❶语言描写
女乞丐着急的语气显示她可能知道星孩儿的身世，引起读者继续阅读的兴趣。

❷设置悬念
女乞丐的话道出了星孩儿的身世，同时也留下了悬念，为什么他们母子会失散，为什么星孩儿会"从天而降"，为什么母亲这么丑陋而星孩儿这么漂亮，这些悬念都吸引读者继续读下去。

于是樵夫就去喊星孩儿过来，樵夫对他说："回到屋子里去，你的母亲正在等你。"

星孩儿一脸的疑惑，但还是高兴地跟着樵夫回到了屋子里。但一看等待他的竟是他极其讨厌的女乞丐时，他就愤怒地叫嚷道：① "你不是我的母亲，你是一个乞丐，看看你，多么丑，你怎么会有我这样的儿子？快走吧，别让我再看到你那张丑陋的脸。"

"你，你确实是我的亲生儿子，我在森林里生下的你。"她哭着解释道，跪在地上，向星孩儿伸出双臂。"强盗把你从我身边夺走，让你在野外等死。"她喃喃地说，"但我一眼就把你认出来了，而且我还认得琥珀项链和星星斗篷这两件信物。为了找到你，我已经走遍了世界，所以求求你，跟我走吧，我的儿子，我需要你。"

星孩儿冷漠地听着，不管女乞丐怎么哭着请求，他也不为所动。屋子里一片沉寂，只有女人哭泣的声音。

最后他开了口，冷酷而又绝情。"如果真如你说的那样，"他说，"那你更得离我远远的，因为你会让我丢脸。我一直认为自己

---

❶ 语言描写

看到女乞丐的样子，星孩儿直接否认了她的说法，连往下探究和了解都不愿意，反映出他的冷酷和肤浅。

📖 读书笔记

是星星的孩子，怎么会突然成了乞丐生的孩子？你快走吧，不要让我蒙羞。"

①"我的孩子呀，"女乞丐哭得肝肠寸断，"在我走之前，你能亲我一下吗？我历尽千辛万苦才找到你的呀。"

"休想，"星孩儿说，"看看你，多么脏啊，我都不想看你一眼，我宁愿去亲吻蝰蛇或癞蛤蟆，也不要亲你。"

女人听他这么说，默默地站起来，一边抹眼泪一边静静地走了，最后消失在森林里。星孩儿看不到她的身影了，心里又快乐起来，他跑回同伴们中间，想要和他们一起玩。

②但是孩子们一看到他就躲得远远的，还嘲笑他说："你怎么变得跟只癞蛤蟆一样肮脏，像蝰蛇一样难看？快离我们远一点，我们可不想跟你这丑八怪一起玩！"

星孩儿疑惑不解，他皱着眉头自言自语道："他们怎么对我说这种话，我到井边去照一照，是不是像他们说的那样。"

他走到老神父的井边，趴在井沿一看。顿时惊呆了，正如孩子们描述的那样，③他的

❶ 语言描写
可怜天下父母心，历经千辛万苦才找到的儿子却不认自己，这时候女乞丐的心里该有多痛苦。

❷ 语言描写
孩子们的话语道出了星孩儿命运的重大转折，故事情节开始朝另一个方向发展。

❸ 外貌描写
星孩儿变成了他曾经最厌恶的丑陋的样子，与前面他的美貌对比，真让人感慨万千。

脸就像癞蛤蟆一样难看，脖子和额头上还像蝰蛇一样长了鳞片。他趴在地上大哭起来，并自言自语道："为什么灾难降临在我的身上，一定是我的罪孽惹怒了上帝。我不认自己的母亲，还傲慢残忍地将她赶走，我要找到她，好好地对她，洗刷我的罪恶。"

樵夫的小女儿走到他跟前，把手搭在他肩上，说："你虽然没有了美貌，但是没有关系，我和我的家人还会像以前一样对你。"

他说："不，我对我母亲做出那样无礼的行为，所以上天才会降下厄运来惩罚我。我要马上去寻找我的母亲，不管她走到哪里，我都要把她找到，然后求她原谅我。"

于是他跑进了森林，大声呼唤着母亲，可是他的母亲早已经走远了。他用了一天的时间在森林里寻找母亲，太阳下山后，他就躺在落叶上睡觉，①鸟兽们看到他都躲得远远的，因为它们都记得他曾经怎样残忍地伤害它们。他孤单地躺在地上，只有癞蛤蟆望着他，只有蝰蛇从他身边经过。

第二天他醒来，感到肚子饿了，就从树上摘了一些苦涩的果子吃。他又哭了一阵之

❶ 概括描写
尽管星孩儿的内心已经发生了转变，可是鸟兽们都不再理他了，星孩儿正自食他曾经亲手种下的恶果。

后，就继续在大森林里寻找着，一路打听是否有谁见过自己的母亲。

①他问鼹鼠说："你一直在地下生活，你在哪里见过我的母亲吗？"

鼹鼠回答说："你把我的眼睛捅瞎了，我怎么能看得到呢？"

他问朱顶雀说："你能高高地飞在天上，看到地上的一切，请你告诉我，有没有看到过我的母亲？"

朱顶雀回答说："你为了自己取乐，把我的翅膀全剪断了，我还怎么飞得起来呢？"

他看到小松鼠孤孤单单地站在冷杉上，就问小松鼠说："小松鼠，你能在森林里自由穿梭，请告诉我，你有没有见过我的母亲？"

松鼠回答说："你已经残忍地杀死了我的母亲，难道还想杀死你自己的母亲吗？"

星孩儿听了无言以对，只能低着头哭泣，祈求上帝的生灵们宽恕他的罪恶。他离开了动物们，继续在森林里穿行，寻找自己的母亲。到了第三天，星孩儿走出了大森林，他的眼前出现了一片大平原。

❶语言描写
如果星孩儿当初没有伤害这些小动物，那么这些小动物或许就可以帮他找到他的母亲。正所谓：自作孽不可活。自己犯下的错，终究还是要自己来承担后果。

读书笔记

❶概括描写

概括了星孩儿这三年的寻母之路，用语虽少，却可以从中看出星孩儿这三年的艰辛和不易。

❷侧面描写

通过守卫的话可以从侧面看出，几年过去了，星孩儿的外貌早已和乞丐没什么两样。

他走过一个村子，那里的孩子们嘲笑他，向他扔石头，正如从前他做过的那样。村民们把他赶得远远的，不让他睡自家的牛棚，因为村民怕他把身上的霉菌传染给谷物。他太脏了，和乞丐没有什么两样，谁看到他都驱赶他，没有人同情他。①就这样，他漂泊了整整三年之久，但始终没有打听到母亲的消息。可是他没有放弃，因为他时常恍惚看到母亲就在不远的地方，向他招手，召唤着他。他询问过的那些人，没有一个人说见到过他母亲，还拿他的忧伤来消遣。

这三年来，他再没有感受到一点爱，也没有感受到过关心。但这个世界正如同他当时做过的那些荒唐举动所创造的世界。

一天傍晚，他走到一座城市前，这是一座有着坚固城墙，建在河边的城市。他很累，脚也受了伤，他想进城休息一晚。②守卫大门的士兵把戟一横，挡住他的去路，粗暴地询问他："臭乞丐，你到城中做什么？"

"我来找我的母亲，"他回答，"求你放我进去吧，她可能就在这个城里。"

但是士兵们围着他拿他取乐，其中一个

士兵摇晃着头，挖苦他道："你还是放弃这个念头吧，①你即使找到你母亲也只能给她增加苦恼，看看你的样子吧，你比沼泽里的癞蛤蟆更丑，比阴暗角落里爬行的蝰蛇更难看。快点滚开，你的母亲不在这里！"

另一个手里拿着黄色信号旗的士兵问他："你的母亲是谁，你为什么这么急着找她？"

他回答说："她和我一样，也是一个乞丐，过去我不想与她相认，还粗暴地对她，求你们让我过去，我要请求她的宽恕。"但是不管他怎么说，士兵们就是不让他进城。

他哭着转身准备走开，一个士兵长走过来询问情况，卫兵们就把刚才发生的情况报告给他。

"不要赶他走，"士兵长笑着说，"这是送上门来的好事，我们把他当奴隶卖了，还可以用钱买碗酒喝。"

这时，一个面相凶恶的老头正好从城门口路过，士兵们的谈话正好被他听到，于是他说："你们把这个乞丐卖给我吧。"随后他付了钱，拉着星孩儿就走进城中。

❶ 前后呼应
呼应了星孩儿曾经对自己母亲的羞辱，他被陌生人这样羞辱尚且难过，可以想象当时母亲被自己的儿子羞辱该有多么痛苦。

读书笔记

星孩儿随着老头穿过了几条大街，来到一个小门前，门的四周有石榴树的树荫遮盖着，老头用自己手上戴着的一枚雕花戒指轻轻一碰那门，门就开了。星孩儿又随着他走下五级黄铜做的台阶，来到一个长满了黑色罂粟、放着许多绿色瓦罐的花园里。老头儿让星孩儿站住，从裹头巾里抽出一条花纹绸巾，系在星孩儿的眼睛上，然后引着他往前走。当绸巾取下之后，星孩儿发现自己站在一间地牢里，地牢的墙上挂着一盏牛角灯笼。

　　①老头儿用一个木盘子端来几片发霉的面包，扔在星孩儿的面前，说："吃吧。"又放了一杯又苦又咸的水，说："喝吧。"说完，老头转身走出地牢，把门带上，上了锁后离开了。

　　这个老头儿，原来是利比亚魔术师中最厉害的一个，他的技艺是从一个住在尼罗河坟墓里的老法师那儿学的。第二天一早，他来到地牢，面无表情地盯着星孩儿，说："这是一个异教徒居住的城市，在这个城外不远处有一片森林。②这个森林里有三块金币，它们一块是黄金的，一块是白金的，一块是

❶细节描写
突出食物的质量之差，这时候的星孩儿是多么地凄惨啊！

❷语言描写
这个面目凶恶的老头儿向星孩儿提出了要求。

红金的。今天你把白金币带回来。你要是带不回来,我就抽你一百皮鞭。去吧,天黑时我在花园门口等你。我花了一碗酒的价钱买的你,你是我的奴隶,照我说的去做吧。"说完,又用那条花纹绸巾系住星孩儿的眼睛,领着他走出地牢,穿过罂粟花园,上了五级黄铜的台阶,用戒指打开门,把星孩儿送到长着石榴树的大街上。

星孩儿按照魔术师说的方向,走出城门,一直来到那片森林里。

这是一片郁郁葱葱的森林,长着各种不同的树木,森林的地上长着青草和各种野花儿,鸟儿在枝头唱着歌。星孩儿的心情一下好了很多,他高兴地走进了森林。但是外表很美的森林里却到处充满了危险,①他每走一步,都会有毛糙的欧石楠和荆棘从地上冒出来,缠他的双腿;邪恶的荨麻用刺扎他,蓟草用它剑一样的叶子戳他,让他遭受了很多痛苦。他从早晨一直找到中午,又从中午找到日落,却怎么也找不到魔术师说的白金币。眼看太阳就要落山了,他朝着城市的方向凄惨地痛哭起来,因为他不知道接下来将

读书笔记

❶对比
看似很美丽的森林里却处处充满危险,森林的外表和内在形成对比,增强了情节的戏剧性。

会面对什么样的遭遇。

他准备返回城里，就当他快要走出森林的时候，听到不远处的灌木丛里发出一阵阵微弱的呻吟声，他把自己的忧愁暂时放下，走过去一看，原来是一只小野兔被猎人布下的捕兽夹夹住了腿。

星孩儿很同情它，就把夹子打开让它恢复了自由。他对野兔说：①"我现在是个奴隶，知道被关是多么难受，但我可以帮你获得自由。"

❶语言描写
虽然现在的星孩儿变成了奴隶，可是他的内心却发生了转变，变得愈发善良，不再是以前那个自私、残忍的星孩儿了。

野兔回答说："谢谢你，好心人，你想让我怎么报答你呢？"

星孩儿对它说："我在森林里找一块白金币，找了一天也没找到，如果我空着手回去，我的主人会打我的。"

"跟我来吧，"野兔说，"我知道你要找的白金币在什么地方，另外，我也知道这枚白金币的作用。"

就这样，星孩儿随着野兔来到一棵大橡树跟前，在树的裂缝里，他看到那枚闪着银光的白金币。他感激地对野兔说："我只是做了一件举手之劳的小事，你却帮了我这么大

的忙，真不知道该怎么谢你。"

① "不要这么说，"野兔说，"对于你来说是一件小事，但你却救了我一命，说感谢的应该是我。"说完，它就跑开了，星孩儿带着白金币往回走。

❶ 语言描写
野兔子知恩图报，因为星孩儿救了它，让它重获自由，所以就用白金币来报答星孩儿。

他走到城门口的时候，看到一个麻风病人坐在城门口，只见他头上戴着一顶亚麻布蒙头兜帽，帽檐留着两个孔，眼睛正好从这儿看东西。他一看到星孩儿，就敲着木碗，摇着一个破铃铛，对星孩儿喊道："施舍给我一块钱吧，没有一个人同情我。他们把我赶出城，我几天没吃东西了。"

"唉！"星孩儿重重地叹了口气，"可惜我只有一枚白金币，如果我给了你，我就完不成主人交代的任务，我会被他打一顿的。"

② 麻风病人一直苦苦地哀求他，不断地向他作揖祈求，最后星孩儿心软了，把白金币放到他的木碗里。

❷ 动作描写
星孩儿把辛苦得到的白金币送给麻风病人的这一举动，说明他心地变得更加善良了，他宁愿挨打，也要把白金币送给一个素未谋面的麻风病人。

他犹豫着回到魔术师的房子前，魔术师

注释

麻风病：由麻风杆菌引起的一种慢性传染病，患者临床表现为麻木性皮肤损害，神经粗大，严重者甚至肢端残废。

① 动作描写
　　魔术师对星孩儿变本加厉的虐待体现了他的残忍和无情。

　　正站在门口等着他，他们进了屋子，魔术师就问："你把白金币带回来了吗？"星孩儿如实地回答了他，①魔术师一听就火了，上来暴打了他一顿，然后把一个空碗丢到他面前，说"吃吧"，又放了一个空杯子到他面前，说"喝吧"，最后把他推进地牢里，上了锁。

　　第二天一早，魔术师打开地牢，对星孩儿说："今天你去森林里找一枚黄金币带回来，如果还像昨天一样一无所获，我会抽你三百皮鞭。"

　　就这样，星孩儿又去了森林，他从早上一直找到傍晚，就是找不到黄金币。眼看着太阳就要下山了，他又哭了起来。正哭着，昨天他救下的那只野兔来到他身边。

　　野兔问他："你怎么又哭了，今天又在找什么？"

　　星孩儿说："我的主人要我在森林里找一枚黄金币，如果找不到，他就会抽我三百皮鞭。"

　　"跟我来吧，"野兔说道。星孩儿跟在野兔的后面，来到一个水潭边。星孩儿在潭边的浅水里捞出了黄金币。

　　"我该怎么谢你呢？"星孩儿说，"你已

经救了我两次了。"

①"不用,这是我报答你昨天的怜悯之心。"野兔说完,就迅速地跑远了。

星孩儿把金币放进口袋里,匆忙地回城。一到城门边,那个麻风病人又迎了上来,他跪在地上哭着说:"给我一块钱吧,否则我就要饿死了。"

星孩儿说:"我昨天因为没有带回白金币,被主人狠狠打了一顿,今天如果再带不回黄金币,会比昨天更惨。"

②可麻风病人抱着他的腿苦苦哀求着,于是星孩儿又动了怜悯之情,把黄金币给了麻风病人。

他犹豫着回到魔术师的房子前,魔术师正站在门口等着他,他们进了屋子,魔术师就问:"你把黄金币带回来了吗?"星孩儿如实地回答了他,结果他又惨遭一顿毒打。魔术师给他戴上锁链,把他扔进地牢里。

第二天天一亮,魔术师就来到地牢,对星孩儿说:"今天你要是把红金币带来,我就放了你,如果带不来,我就杀了你。"

于是,星孩儿又来到森林里,和前两天

❶语言描写
兔子为报答星孩儿的救命之恩,已经是第二次帮他忙了。

❷动作描写
可以看出星孩儿这时候是一个多么具有怜悯之心的人。

一样，找了一整天也找不到红金币。傍晚时正当他坐在地上哭时，野兔又出现了。

当野兔听完他的哭诉后，对他说："你找的红金币就在你身后的洞穴里，不要再哭了。"

"你让我怎么报答你呢？"星孩儿高兴地问，"你已经连着救我三次了。"

"不用报答，这是回报你对我的怜悯之情。"野兔说完，就跑远了。

星孩儿转过身来，果然看到身后有一个洞穴，他在洞穴的一角找到了那枚红金币。他把红金币收起来就往回走。在城门口，他又一次遇到了麻风病人。麻风病人一看到他就哭着扑上来，跪在他的脚下，说："给我一枚金币吧，不然我会死去的。"和前两天一样，在怜悯心的驱使下，星孩儿把红金币给了麻风病人。①可是他转身离去的时候，他的心情却非常沉重，他知道回去将会面对什么样的厄运。

②可是，当他穿过城门的时候，守城的卫兵向他弯腰施礼，并赞美道："看啊，我们的国王多英俊啊！"市民们看到他，都自发地

读书笔记

❶ 心理描写
因为魔术师昨天的话，所以星孩儿的心情才会这么沉重。

❷ 对比
现在人们对星孩儿的态度与星孩儿刚进城时人们对他的态度形成了鲜明的对比，是什么让他们发生了如此大的转变呢？

跟在他的后面，赞美道："世上再也没有比我们国王更英俊的人了。"星孩儿听到这儿，哭了，他自言自语地说："我都快要死了，他们还嘲笑我！"聚集的人越来越多，他在人群中迷了路，走着走着，来到一座宏伟的王宫前。

王宫的大门开了，从里面走出神父和大臣们，他们迎上前欢迎他，毕恭毕敬地对他施礼，说："我们的王，我们在等你，你是我们国王的王子。"

星孩儿回答说："你们一定搞错了，我只是个奴隶，我知道我的样子，你们为什么要这么戏弄我呢？"

这时，一个侍卫长举起他的盾牌，大声说："我们的王是天下最美的人。"

①光亮的盾牌映照出星孩儿的容貌，他看到一张完全不同的脸。是啊，他又恢复了容貌，变得和以前一样美，而且眼睛里闪烁着仁慈的光芒。

神父和大臣们跪在他的脚下，对他说："古老的预言预示，今天我们将会迎来一位伟大的国王。所以，请接受王冠和这权杖，用你的公正和仁慈来统治这个王国吧。"

❶细节描写
随着星孩儿容貌的再次改变，故事情节也有了新的发展。

星孩儿回答说:"我不配做你们的国王,因为我不认我的母亲,得不到她的宽恕,我是这世上最坏的人。让我走吧,我还要继续寻找我的母亲,请求她的宽恕。"这时,人群中闪开一条路,他的乞丐母亲和城门口的麻风病人就站在人群中。

① 他的眼泪立刻就涌了出来,有自责,有欣慰,有酸楚,他疾步跑过去扑倒在母亲脚下,生怕她再不见了。他吻着母亲脚上的伤口,用泪水清洗它们。他抽泣着,哭得让人心碎,他对母亲说:"母亲,在我得意的时候我不认您,请在我落魄的时候接受我吧。母亲,我曾憎恨您,请原谅我吧,用您的慈爱回应我吧,请接受您的孩子吧!"但是他的母亲没有说一句话。

他又抓住麻风病人的脚踝,对他说:"我曾三次向你施以仁爱,请您让我的母亲跟我说一句话吧。"麻风病人也没回答他。

他痛哭着说:"母亲,我受了三年苦,再也无力承受了。请您宽恕我,让我回到森林里吧。"他的母亲把手放在他的头上,说:"起来吧,孩子。"麻风病人也把手放在他的

---

❶ 心理、动作描写

这时候星孩儿的内心百感交集,有对当初残忍对待母亲的自责,也有历经千辛万苦终于再见到母亲的欣慰。

头上，说："起来吧，孩子。"

他站起来，吃惊地发现，原来他们是国王和王后。

①王后慈爱地对他说："这是你的父王，你曾施舍过他三次。"

国王慈爱地对他说："这是你的母后，你用泪水清洗了她的伤口。"他们把星孩儿紧紧地抱住，亲吻着他的脸。他们把星孩儿带回王宫，给他换上漂亮的衣服，父亲把王冠戴在他的头上，母亲把权杖交到他的手里。就这样，星孩儿成了统治这座城的国王。他用自己的仁慈与公正治理着国家，他把邪恶的魔法师赶出城去，给养育了自己十年的樵夫一家送去丰厚的礼物，并赐予他们的子女爵位。②他下令要对森林中的鸟兽施以仁慈，他下令对穷苦人施以公平。他做了国王以后，他的人民过着幸福快乐的生活。

可是，他的统治没有维持多久，只有短短三年就结束了。因为他受的苦太多太重了，严重地摧残了他的身体，一位受人爱戴的国王就这样去世了。不幸的是，他的继任者是一位很坏的国王。

❶语言描写

通过国王和王后的话语，说明星孩儿通过自己的怜悯和善良弥补了对母亲的伤害，赢得了父母的原谅。

❷概括描写

星孩儿因为经历过被人嘲笑和欺负的痛苦，所以在他当上国王以后，对穷苦人和动物们十分仁慈。

精华赏析

本篇童话讲述了一个贫困的樵夫在寒冷的冬夜捡到一个星孩儿,并将他带回家抚养成人,星孩儿经历了从自私残忍到仁慈无私的成长和转变,最终以自己的善良和怜悯成为国王的故事。作者通过这篇童话告诫我们做人一定要善良和宽容,不能以貌取人,要平和地看待这个世界。

延伸思考

1. 星孩儿为什么不认他的母亲?
2. 野兔为什么要帮助星孩儿找到金币?
3. 星孩儿的父母是谁?

相关评价

这篇童话通过描写星孩儿的故事,为我们展示了社会的多个层面,有贫穷善良的樵夫,有残忍自私的魔术师,还有以貌取人的士兵,等等。作者通过童话的形式来表达对真善美的歌颂,实在是一篇难得的佳作。

名家心得

　　王尔德的每一个故事都是一首诗。快乐王子是美的化身，他的真诚、善良让我们油然而生敬意，而他悲惨的结局更是震撼着我们的心灵。在我们的心中，这种为了他人的幸福而牺牲自己的精神是非常崇高的。

　　　　　　　——上海市七宝中学高级语文教师　陈韦兰

　　我的心再也无法平静！小燕子跌倒在地的声音撞击着我的心灵，而快乐王子那颗破裂成两半的铅心更让我心痛不已。心底的暖意慢慢升腾起来，内心的感动也一点点弥漫开去……

　　　　　　　　　　——儿童文学方向研究生　钱燕

《自私的巨人》堪称"完美之作",故事情节简单,结构清晰,从"反感儿童"到"接受儿童"再到"被儿童救赎","自私的巨人"从"自私"走向了"博爱",对比突出,主题鲜明。

——英国《典雅》杂志

读者感悟

奥斯卡·王尔德,这个拥有"童话王子"称号、与萧伯纳齐名的大才子,在维多利亚女王时代的英国,举凡提及他的大名,无人不为其惊世才学感叹不已。他兼剧作家、小说家、诗人、散文家于一身,所涉及的领域,无不留下精彩夺目的华章。他的戏剧、诗歌、小说等作品流传甚广,传世的名言警句更是数不胜数。而他的骤然离世,更像是一曲未能演奏完便戛然而止的断章,空留一声婉转而忧伤的叹息,在岁月的裂隙中久久回响。

《快乐王子》是一篇让人读后忍不住落泪的美妙之作。这个故事中的快乐王子与小燕子身上都有着一种崇高伟大、无私忘我的精神特质。

王子委托小燕子将自己身上的宝石和金子送给那些需要这些东西的人——有穷困潦倒的剧作家,有卖不出火柴的小女孩,有忍饥挨饿的乞丐……

小燕子为了完成王子的心愿，一次次推迟了前往埃及过冬的计划，在天空中飞翔着，为那些需要救助的人送去王子的祝福与帮助，直到死去。

王子最后仅剩的一颗铅心，也为了这位忠实的朋友而破碎。

还好，结局是幸福的：天使在上帝的嘱咐下，寻找到世间最珍贵最美好的两种事物，一个是死去的小燕子，另一个是王子破碎的铅心。上帝许诺，小燕子可以永远在他的花园中飞翔起舞，尽情鸣唱，而王子则可以在他的黄金城中为他赞美，并获得永生。

王子和燕子都是值得赞美的。王子的无私，燕子的忘我，使他们死亡，也使他们重生。

阅读拓展

《道林·格雷的画像》是王尔德唯一的一部长篇小说，作者在这部小说中，用丰富的想象、离奇的情节、优美的文笔、富于哲理的语言，揭露了当时英国上流社会的精神空虚与道德沉沦，以独特的艺术构思形象化地阐述了作者"艺术至上"的主张。这部小说对英国文学有着深远的影响，非常值得一读。

真题演练

1.《快乐王子》中快乐王子和燕子最终去了（   ）。
　　A. 天堂　　B. 地狱　　C. 埃及

2.《夜莺与玫瑰》中夜莺用（   ）换来了那朵红玫瑰。
　　A. 宝石　　B. 金币　　C. 生命

3.《自私的巨人》中巨人最后被（   ）带走了。
　　A. 巨人　　B. 表哥　　C. 上帝

4.《公主的生日》中小矮人最爱的人是谁？
_____

5.《渔夫和他的灵魂》中渔夫认为（   ）比世界上的一切都珍贵。
　　A. 智慧　　B. 爱　　C. 财富

1. A
2. C
3. C
4. 公主
5. B

爱阅读课程化丛书／快乐读书吧

外国经典文学馆

序号	作品	序号	作品	序号	作品
1	七色花	31	格列佛游记	61	好兵帅克历险记
2	愿望的实现	32	我是猫	62	吹牛大王历险记
3	格林童话	33	父与子	63	哈克贝利·费恩历险记
4	安徒生童话	34	地球的故事	64	苦儿流浪记
5	伊索寓言	35	森林报	65	青 鸟
6	克雷洛夫寓言	36	骑鹅旅行记	66	柳林风声
7	拉封丹寓言	37	老人与海	67	百万英镑
8	十万个为什么（伊林版）	38	八十天环游地球	68	马克·吐温短篇小说选
9	希腊神话	39	西顿动物故事集	69	欧·亨利短篇小说选
10	世界经典神话与传说	40	假如给我三天光明	70	莫泊桑短篇小说选
11	非洲民间故事	41	在人间	71	培根随笔
12	欧洲民间故事	42	我的大学	72	唐·吉诃德
13	一千零一夜	43	草原上的小木屋	73	哈姆莱特
14	列那狐的故事	44	福尔摩斯探案集	74	双城记
15	爱的教育	45	绿山墙的安妮	75	大卫·科波菲尔
16	童 年	46	格兰特船长的儿女	76	母 亲
17	汤姆·索亚历险记	47	汤姆叔叔的小屋	77	茶花女
18	鲁滨逊漂流记	48	少年维特之烦恼	78	雾都孤儿
19	尼尔斯骑鹅旅行记	49	小王子	79	世界上下五千年
20	爱丽丝漫游奇境记	50	小鹿斑比	80	神秘岛
21	海底两万里	51	彼得·潘	81	金银岛
22	猎人笔记	52	最后一课	82	野性的呼唤
23	昆虫记	53	365夜故事	83	狼孩传奇
24	寂静的春天	54	天方夜谭	84	人类群星闪耀时
25	钢铁是怎样炼成的	55	绿野仙踪	85	动物素描
26	名人传	56	王尔德童话	86	人类的故事
27	简·爱	57	捣蛋鬼日记	87	新月集
28	契诃夫短篇小说选	58	巨人的花园	88	飞鸟集
29	居里夫人传	59	木偶奇遇记	89	海的女儿
30	泰戈尔诗选	60	王子与贫儿		陆续出版中……

中国古典文学馆

序号	作品	序号	作品	序号	作品
1	红楼梦	12	镜花缘	23	中华上下五千年
2	水浒传	13	儒林外史	24	二十四节气故事
3	三国演义	14	世说新语	25	中国历史人物故事
4	西游记	15	聊斋志异	26	苏东坡传
5	中国古代寓言故事	16	唐诗三百首	27	史 记
6	中国古代神话故事	17	小学生必背古诗词70+80首	28	中国通史

序号	作品	序号	作品	序号	作品
7	中国民间故事	18	初中生必背古诗文	29	资治通鉴
8	中国民俗故事	19	论语	30	孙子兵法
9	中国历史故事	20	庄子	31	三十六计
10	中国传统节日故事	21	孟子		陆续出版中……
11	山海经	22	成语故事		

中国现当代文学馆

序号	作品	序号	作品	序号	作品
1	一只想飞的猫	36	高士其童话故事精选	71	大奖章
2	小狗的小房子	37	雷锋的故事	72	半半的半个童话
3	"歪脑袋"木头桩	38	中外名人故事	73	会走路的大树
4	神笔马良	39	科学家的故事	74	秃秃大王
5	小鲤鱼跳龙门	40	数学家的故事	75	罗文应的故事
6	稻草人	41	从文自传	76	小溪流的歌
7	中国的十万个为什么	42	小贝流浪记	77	南南和胡子伯伯
8	人类起源的演化过程	43	谈美书简	78	寒假的一天
9	看看我们的地球	44	女神	79	古代英雄的石像
10	灰尘的旅行	45	陶奇的暑期日记	80	东郭先生和狼
11	小英雄雨来	46	长河	81	红鬼脸壳
12	朝花夕拾	47	丁丁的一次奇怪旅行	82	赤色小子
13	骆驼祥子	48	小仆人	83	阿Q正传
14	湘行散记	49	旅伴	84	故乡
15	给青年的十二封信	50	王子和渔夫的故事	85	孔乙己
16	艾青诗选集	51	新同学	86	故事新编
17	狐狸打猎人	52	野葡萄	87	狂人日记
18	大林和小林	53	会唱歌的画像	88	彷徨
19	宝葫芦的秘密	54	鸟孩儿	89	野草
20	朝花夕拾·呐喊	55	云中奇梦	90	祝福
21	小布头奇遇记	56	中华名言警句	91	北京的春节
22	"下次开船"港	57	中国古今寓言	92	济南的冬天
23	呼兰河传	58	雷锋日记	93	草原
24	子夜	59	革命烈士诗抄	94	母鸡
25	茶馆	60	小坡的生日	95	猫
26	城南旧事	61	汉字故事	96	匆匆
27	鲁迅杂文集	62	中华智慧故事	97	落花生
28	边城	63	严文井童话故事精选	98	少年中国说
29	小桔灯	64	仰望第一面五星红旗升起	99	可爱的中国
30	寄小读者	65	徐志摩诗歌	100	经典常谈
31	繁星·春水	66	徐志摩散文集	101	谁是最可爱的人
32	爷爷的爷爷哪里来	67	四世同堂	102	祖父的园子
33	细菌世界历险记	68	怪老头		陆续出版中……
34	荷塘月色	69	从百草园到三味书屋		
35	中国兔子德国草	70	背影		